目次

北のおくりもの　北海道アンソロジー

小説　鉄道員《ぽっぽや》　浅田次郎　9

エッセイ　ニッポンぶらり旅　釧路　太田和彦　55

小説　頸《くび》、冷える　河﨑秋子　73

エッセイ　あったまきちゃう！／札幌冬の陣　北大路公子　117

小説　本日開店　桜木紫乃　139

エッセイ　函館「ラッキーピエロ」のハンバーガー　堂場瞬一　167
小説　雪は降る　馳　星周　181
エッセイ　旅すれば 乳濃いし　原田マハ　245
小説　四月の風見鶏　渡辺淳一　259

北のおくりもの

北海道アンソロジー

小説

鉄道員《ぽっぽや》

浅田次郎

美寄《びよろ》駅のホームを出ると、幌舞《ほろまい》行の単線は町並を抜けるまでのしばらくの間、本線と並走する。

ガラス張りのリゾート特急が、一両だけのキハ12形気動車を、ゆっくりと眺め過ごすように追い抜いて行く。

ダイヤのいたずらか、それとも都会のスキーヤーのために用意された演出なのか、特急の車窓には乗客が鈴なりになって、朱《あか》い旧国鉄色の単行ジーゼルを見物している。やがて幌舞線が左に大きくカーブを切る分岐まで来ると、特急の広いガラスごしにはいくつものフラッシュが焚《た》かれるのだった。

十八時三十五分発のキハ12は、日に三本しか走らぬ幌舞行の最終だ。

「ふん、いいふりこきやがって。なんも写真まで撮ることないしょ。ねえ、駅長《おやじ》さん」

若い機関士は雪原を別れて行く特急をちらりと振り返ってから、助手台に立つ仙次《せんじ》を見上げた。

「なあにはんかくさいこと言ってんだ。キハ12っていったらおまえ、今どき文化財みたいなものだべ。中にゃわざわざこいつを見るために内地から来んさるお客もいるべや」

「したらさ、なして廃線にすんの」

「そりゃおまえ、輸送密度とかよ、採算とか、そういう問題だべ」

ははっ、と機関士は親指を肩の上に立てて振った。一両きりの客席に人影はなく、緑色のシートがほの暗い蛍光灯の下に並んでいる。

「へえ。美寄中央駅の駅長さんのお言葉とは思えんねえ」

「なして?」

「したっておやじさん、もともと幌舞線は輸送密度もくそもないしょ。俺、もう四年乗務してるけど、高校が休みになりゃいつもこうだべさ。だからあ、なして今さら廃線にするのかってことです」

「知るか、そんなこと。ここまでもったのは過去の実績の論功行賞だべ。おまえだって幌舞の生れなら、昔の賑《にぎ》わいは覚えてるべや」

終着駅の幌舞は、明治以来北海道でも有数の炭鉱の町として栄えた。二十一・六キロの沿線に六つの駅を持ち、本線に乗り入れるデゴイチが、石炭を満載してひっきりなしに往還したものだった。それが今では、朝晩に高校生専用の単行気動車が往復するだけで、途中駅はすべて無人になった。最後の山が採炭を停止してから十年が経《た》つ。

「幌舞駅の乙松《おとまつ》さん、今年で定年だとか言ってたけど、それでかな」

「おまえまで助役と同じこと言うんでない。札幌《さっぽろ》がそったらことまで気を回してくれるもんかい」

キハ12は無人の北美寄駅に、お愛想のように止まった。

「やあや。ホームの雪はねねば。吹き溜《だま》るんだよねえ、ここ」

「もうほっとけ。出発、進行ォ！」

助手席に立ったまま、仙次はせかすように声を絞った。大げさな唸《うな》りを上げて、ジーゼル気動車は再び雪原に滑り出た。

作業外被のボア襟をかき合わせて、仙次は話の続きを思い出した。

「ひとごとじゃねえべ。乙松さんが定年になれば、来年は俺だべよ」

「おやじさんは駅ビルの重役になるしょや」

「だあれに聞いたんだや、そったらこと」

「誰もなんも、美寄の駅員で知らん者はないべさ。来年の春に駅ビルが完成したら、おやじさんあっちに行くってさ」

「めったなこと言うもんでない。まだ思案中だ。内地から来たデパートの店員と一緒に、背広着てネクタイしめてお客に頭下げるなんて、あずましくねえべさ」

「だめだめ。まったく、いつまでも鉄道員《ポッポヤ》なんだからなあ。ポッポーって、ＳＬの機関士のまんまだもんなあ」

機関士は左手を上げ、「ポッポー」とおどけて警笛《ふえ》を引く真似《まね》をした。

仙次はなにげなく、ペンキを何重にも塗り固めたキハ１２の運転台を見渡した。

「北海道旅客鉄道」のプレートに目を止める。国鉄が分割民営化されたとき、全国のＪＲはみな同じような社名を名乗った。だが北海道のそれに、「鉃」という奇妙な文字が採用されたことは余り知られていない。「鉄道」ではなく「鉃道」なのだ。

多くの赤字路線を抱え、はなから困難な経営を強いられたＪＲ北海道は、縁起をかつぐというよりむしろ祈りをこめて、「金を失う」と書く「鉄」の字を避けたのだった。

「鉃道」——なんとも据わりの悪い字ではある。

「ところで、俺、どうなるんしょ。本線に乗れって言われてもなあ」

「なして？」

「本線の新しい車両なんて、なんもわからんもの。かといって、キヨスクに行けとか、ラーメン作れとか言われるのもたまらんわ」

「なんもなんも。このポンコツを動かせるんなら、新幹線だって運転できるわ。感謝しれや」

「したって俺、時速五十キロ以上の世界って、知らんですよお。それだけでビビるもんね、きっと」

仙次は軍手でガラスの滴を拭《ぬぐ》った。

気動車は緩い勾配《こうばい》を登り、左右には稜線《りようせん》が迫っていた。短いトンネルを抜けるたびに、雪は深みを増して行く。

「やあ、おやじさん。明日は除雪車《ラッセル》出さねばならんね」

前灯に照らし出される光の道をじっと見つめていると、何だか見知らぬ物語の世界に走りこんで行くような気分になる。仙次は配電盤に肘《ひじ》をついて、行手の光と闇《やみ》に目を凝らした。

「幌舞についたらすぐに戻れや。途中で立往生したって、正月で機関区にゃ人もおらんべ」

機関士は仙次の足元に置かれた一升瓶をうらめしげに見た。

「幌舞に泊まりでいいべと思ったんだけど」

「ばかこくでねえ。最終の上りに乗る客がいたらどうすんだ」

「いるわけないしょ」

気動車は山間《やまあい》の駅に止まった。客どころか、廃屋の並ぶ駅前には灯《あか》りもない。

「俺は乙松さんとこに年始に行くわけでないだぞ。じじい二人でどんな話をせねばならんか考えてもみろ。それともおまえ、一緒に酒飲んで泣けっか。あ?」

「やあ……冗談すよ、おやじさん。そんなむきにならんで――しゅっぱぁつ、しぃんこおォ――」

「おお。なかなかいい声出すでないの」

「乙松さんの物まねだべさ」

やがて、凍えた川の遥《はる》かな先に、ボタ山の影をくろぐろと背負った幌舞の灯が見えた。

「警笛鳴らせ。五分遅れだっけが、乙松さんホームで待っとるべや」

キハ12形は余命を嘆くように、老いた笛を山々に谺《こだま》させた。

トンネルの円い出口の中にすっぽりと、幌舞の駅が現れる。採炭場の廃屋と化物のようなコンベアの影を背にした、まっしろな終着駅だ。

機関士と仙次は、腕木式の信号機を指さして声を揃《そろ》えた。サーチライトが煉瓦《れんが》積《づ》みのプラットホームを照らし出す。かつては無蓋《むがい》貨車と機関車で犇《ひし》めいていた貨物ヤードは、涯《はて》もない雪原だった。

「見てけらしょ、おやじさん。なんだかお伽話《とぎばなし》みたいだべさ」

轍《わだち》の音さえくぐもって聴こえる。老いた幌舞駅長は、粉雪の降りしきる終着駅のホームに、カンテラを提げて立っていた。

「乙松さん、五分遅れだのに、ずっとああして立ってるんです。外は零下二十度の下だべ」

厚ぼったい国鉄外套《がいとう》の肩に雪を積もらせ、濃紺の制帽の顎紐《あごひも》をかけて、乙松はホームの先端に立ちつくしている。いちど凛《りん》と背を伸ばし、軍手を嵌《は》いた指先を進入線に向けてきっかりと振り示す。

「かっこいいよねえ、乙松さん。ほんと絵になるべさ」

「やい、若い者がなれなれしく乙松さんなどと呼ぶでない。駅長って呼ばんか。しっかり見とけ、あれがほんとのポッポヤだべや。制服脱いでターミナルビルの役員に収まるような、はんかくさいJRの駅長とは格がちがうべ」

「はあ……なんか俺、見てて泣かさるもね……」

機関士はひとこえ警笛《ふえ》を踏むと、ブレーキを引いた。キハ12はジーゼルの轟《とどろ》きを残して、終着駅のホームに止まった。

到着の遅れた五分間の分だけ、うっすらと雪の積もったホームの上を、乙松は長靴を軋《きし》ませて歩み寄ってきた。

「やあや、乙《おと》さん。こっちはしばれるねえ。遅れてすまなかった」

笑顔をつくろって、仙次はホームに降りた。

「なんもなんも。明けましておめでとう」

「はい、おめでとう。ほんとはあんたと年越そうと思ったんだがね、秀男のやつが子供つれて帰ってきちまったもんで」

「へえ。秀坊がおやじかい。てことは、仙ちゃん、じいさまでないの。初孫で、なまらめんこいだべなあ」

「はあ、そりゃめんこいさあ」

自分が乙松にまっしろな毒を吐きかけたような気がして、仙次は手袋で口を被《おお》った。

「秀男のやつ、乙さんとこに年始に行くべって誘ったんだが、明日は御用始めだからって。ま、勘弁してやってけらっしょ」

「なんもだ。秀坊も札幌本社の課長さんともなりゃ忙しいべ。こっちのことなんか気にせんように言っといて」

「春までには、ちゃんとのしつけて頭下げに来させるでな。入社したときは、俺の目の黒いうちは幌舞線は守るだとか、でけえことばかし言ったくせに。ほんとすまんね、役立たずで。この通り」

仙次は帽子を脱いで禿頭《はげあたま》を下げた。

「やめてけらっしょ、仙ちゃん。美寄中央駅の駅長さんに頭下げられては、返す言葉もないべさや」

まったく恐縮したように仙次の脇《わき》をすり抜けて、乙松は運転席を覗《のぞ》きこんだ。

「ごくろうさん。中であったまって行かしょ」

頭を下げ続ける仙次の後ろ姿を見つめながら、機関士は答えた。

「降ってるし、すぐ戻るわ。駅長さん」

「そうかい……は、駅長さんってかい。さては仙ちゃんに言われたな。なんも、駅長さんなんて、こそばいですよお。駅員だって一人もおらんだから」

言いながら乙松は、外套の背中から手旗を取り出した。鶴のように痩《や》せた長身を屈《かが》めて仙次の背を叩《たた》く。

「仙ちゃん、また肥えたんでないかい」

「そうかい」と、仙次はようやく頭を上げた。

「正月、食いすぎた。これ、おっかあから乙さんにって」

「やあや。こりゃどうも。やっと正月が来たわ。先に中に入っててけらしょ。上りを出したら行くから」

折り返しの最終を送り出す乙松の姿は見ずに、仙次は線路を横切って駅舎に向かった。

幌舞駅は大正時代に造られたままの、立派な造作である。広い待合室の天井は高く、飴色《あめいろ》の太い梁《はり》が何本も渡されていて、三角の天窓にはロマンチックなステンドグラスまで嵌まっていた。

木枠の改札の壁の上には、いまだに国鉄の動輪のしるしが、忘れ物のように掲げられていた。ベンチはどれも黒光りのする年代物だ。

せめてこの駅舎だけは保存できないものかと仙次は思った。重油ストーブに手を温《ぬく》めながら、立ち通してきた体をベンチに下ろす。

しじまの中に、気動車の警笛が鳴った。

「お待ちどおさん――なあ、見てけらっしょ。とうとうだるま屋も閉めちまった」

雪の匂いを背負って駅舎に入ると、乙松は手旗を巻きながら駅前を示した。

「あれえ、ほんとだ。ばあさんどうしたの」

一軒だけ頑張っていた駅前のよろず屋は、軒を傾《かし》がせたまま灯を消していた。

「倅《せがれ》が美寄にマンション買ったたって。七十すぎのばあさまをまさか引き止めるわけにもいかないしょ。さて、こうなるとここにも煙草《たばこ》と新聞ぐらい置かねばならんね」

「よせよせ、乙さん。一人で切符売って、掃除して、保線までしてよお、そのうえキヨスクまでやることはなかんべ」

「したって、まだ幌舞にも百軒からの家はあるもね。みんなじじいとばばあばかりだけど、新聞ぐらいは読みたかろう」

事務室から物哀《ものがな》しい演歌が流れてきた。駅頭のボタ山の影がのしかかるような気がして、仙次は煙草をつけた。

「ほれ、正月やるべ。酒は札幌の地酒だって、秀男のみやげ」

「すまんねえ、重箱まで。こっちはおっかあに死なれてから、正月って言ったたって何するわけでもないし」

「静枝さん、何年になるべ」

「何年て、まだおととしだよ。なんだか十年も経ったような気がするけど」

「乙さんも、淋《さび》しいなあ」

「なんも。ここはおんなじよなじじいとばばあばっかりだから、なあんも。さ、火ィ落として、中に入るべさ」

飲み始める前に、言わねばならぬことがあった。

「ところでよ、乙さん。俺、来年の春に駅ビルに横すべりできることになって」

「そうかい。そりゃ良かった」

「そんで、あんたも美寄に出てこんかと思ってね。十二階建てでよ、ガラスのエレベーターが付いてんのさ。東京のデパートとJRの共同出資だもんで、俺も多少の無理は言えるんだわ」

「はあ、無理なら言わんでいいよ」

言い方が悪かったかと、仙次は口をつぐんだ。

「ありがたいけど、遠慮しとくわ」

「なしてよ、乙さん」

「したって、おっかなくってエスカレーターにも乗れんもね。もとは同じポッポヤでも、美寄中央駅の駅長まで出世したあんたとじゃ、まるでちがうべさ」

「乙さん、機械に強かろうが」

「なあんも。鉄道のことしかわからんもね。学校も出とらんし、みんなスコップで小突かれながら、体で覚えてきたことばかりしょ。東京から来んさったデパートの人たちから見たら、外人だべや」

会話がとぎれると、雪の夜の静けさが怖ろしいほどに迫って来た。

「なあ仙ちゃん。秀坊は、俺のために頑張ってくれただか」

「そうでないって。そりゃ、あいつも北大出の上級職だから多少の出世はするがね、路線転換のどうのってことに口を挟めるほど偉かないよ」

「なら、いいけど」

乙松の肩の、溶けずにみるみる凍って行く雪をはたきながら、仙次はまた言葉を失った。

「おっかあ、元気かい」

「ああ。相変らず丸々と肥えてるわ――」

仙次はふと、いやなことを思い出した。

女房が死んだとき、美寄の病院の霊安室で、じっと俯《うつむ》いていた乙松の姿が思い起こされたのだった。仙次の妻は、乙松が女房の死に目に会おうとしなかったことを、いまだに根に持っている。乙さんは薄情者だと言う。

危篤の報せ《しら》は何回もしたのに、乙松は幌舞の駅の灯を落としてから、最終の上りでやって来たのだった。電話をかけ続けたあげく、結局最期を看取《みと》ってしまった仙次の妻が、いまだに根に持つのも無理はない。

そのときも、乙松は雪の凍りついた外套姿で、じっと枕元《まくらもと》にうなだれていた。仙次の妻が、乙さんなして泣かんのね、とゆすり立てるのを、乙松はぽつりと呟《つぶや》き返したものだ。

(俺ァ、ポッポヤだから、身うちのことで泣くわけいかんしょ)

外套の膝《ひざ》をもみしだいて、それでも涙ひとつこぼさぬ乙松を見ながら、仙次はデゴイチの轍の音や油煙の匂いを、ありありと思い出したものだった。

「なあ、仙ちゃん――」

乙松は帽子を脱いで、ストーブの火にかざした。くすんだ赤帯が巻かれ、動輪の徽《き》章《しょう》のついた濃紺の国鉄帽だ。仙次は自分の青い帽子を、少し恥じた。

「なんね」

「俺のことはまあいいとして、キハはどうなるんだべか」

「ふむ。なにせ12形は昭和二十七年の製作だべ。わしらがまだデゴイチの罐焚《かまた》きしとったころのものだべや」

「なら、スクラップかねえ」

「よく働いたよお、あれも」

最新式のキハ12形が幌舞に入線してきた日のことは、良く覚えている。

自分は荒縄の束を握ってデゴイチの足回りを磨いており、乙松は炭水車《テンダー》に乗って石炭を掻《か》いていた。線路脇には村人や坑夫たちがぎっしりと立っていた。ぴかぴかのキハ12形がトンネルの闇から姿を現したとき、群衆はまるで戦に勝ったかのように歓声を上げた。

——うわあ、仙ちゃん！　見ろや、気動車が来た。キハ12形だべさ！

テンダーの上で、乙松はシャベルを振った。駅長がホームの端に立って通票《タブレット》の輪を受け取るまで、万歳の声は鳴りやまなかった。

「まあ、罐焚きの小僧も定年になるんだから、人よりもっと働けっていうのも、酷だべな」

「したって乙さん。あの12形はたぶん日本で最後の一両だで、うまくしたら博物館とか鉄道公園とか、いい引き取り手があるかも知らねえだべさ」

「そんじゃ俺もついでに、博物館に飾ってもらうかね」

二人はようやく声を揃えて笑った。

「さ、正月すべや」

ホームの灯が消された。雪明りが待合室をぼんやりと染めた。

「あれえ、忘れもんだあ」

壁回りのベンチに、セルロイドの人形が手を拡《ひろ》げて座っていた。「やあ、ついさっきまで遊んでたっけが、そういやいつの間に帰っちまったんだべ」

闇の中に四角く切り取られたような車寄せに飛び出して、乙松は駅頭を見渡した。

「セルロイドのキューピー人形かい。まあなんと古くせえなあ。お客かい」

「いや、見たこともねえちっちえ女の子なんだけど、ここでずっと遊んでたんだわ」

「おいおい、乙さんが見たこともねえ女の子なんて、ここいらにいるもんかい」

「正月の里帰りだろうがね、車で来たんだろ。それがよお、こんくらいの、なまらめんこい子で、真赤なランドセルしょってんだわ」

「ランドセルかい」

「この春に小学校に入るんで、おやじに買ってもらったってさあ。めんこいねえ、ここに気を付けして、駅長さん見てけらっしょ、って。俺の周りにへばりついて離れないんだわ」

「乙さん、子供好きだからなあ」

乙松には子がなかった。

事務室の奥が、六畳二間に台所のついた乙松の住いだった。小さな仏壇には制服姿の父親の写真と、ずいぶん若い時分の女房の写真が並んでいる。

仙次は線香を上げて、しばらく写真を眺めた。

「乙さんの子、写真はないのかい」

「ああ。ふた月で死んじまったでなあ」

「名前、何てったっけか」

「ユッコ。初雪の降った十一月十日の生れだから、雪子ってつけた。仙ちゃん、秀坊と夫婦にさすべかなんて言ってたでないの」

「やあ、思い出した。秀男のやつ中学だったかな、嫁さんにすっかいって言ったら、気味悪がって抱こうともしなかったっけ」

円いちゃぶ台に向き合って、二人は冷や酒をくんだ。ラジオを消すと、細く流れる水音が耳に障った。

「みったくねえ話だがよ、俺ァ、ユッコの齢《とし》をいまだに算《かぞ》えてるんだわ。生きていりゃ十七だべさ」

「おそい子だったからなあ」

「俺が四十三で、おっかあが三十八の授りもんだわ。何とももったいないないしょ」

乙松は珍しく愚痴を言った。

佐藤乙松が出札口に人の気配を感じて目覚めたのは、正確な柱時計が午前零時を打ったときだった。

「駅長さん、駅長さん」

アクリル板のすきまを覗きこむように、やさしい声が乙松を呼んだ。

「誰だあ、こんな時間に。急病人でも出たんかい」

蒲団《ふとん》を頭からかぶって眠りこける仙次を気遣って、乙松は足音を忍ばせた。カーテンを開けると、赤いマフラーを巻いた女の子が、出札口に肘を乗せていた。

ゆうべの子供より大きいが、一重《ひとえ》瞼《まぶた》の目元が良く似ている。

「やあ、忘れ物を取りに来んさったのかい」

少女はこっくりと肯《うなず》いた。寝巻の上に綿入れ半纏《ばんてん》を羽織って待合室に出ると、いつしか雪はやんで、月かげが車寄せから光の帯を曳《ひ》いていた。

かすかに空が唸っていた。

「あんた、姉さんかい」

セルロイドの人形を手渡すと、少女はにっこりと笑った。

「お人形さんがないって、泣くから」

「そりゃ感心だわ。あんたら見かけないけど、どこの子だい」

こんな色白の器量よしは、きっと都会の子供だろうと乙松は思った。

「天神様の近くの、佐藤」

「へえ。したって佐藤っても、ここらの家はみんな佐藤だべさ。おっちゃんも、佐藤だわ。ええと、天神の近くっていったら、油屋かい」

少女は首を振った。

「そいじゃ、イサさんとこかい。虎夫《とらお》さんとこだかね」

答えたくないとでもいうふうに、少女は黙って首を振る。きっと年寄りばかりの村の事情を、言い含められているのだろう。

「おじいちゃんちに、来たの。お正月だから」

訊《たず》ねるのはよそうと乙松は思った。

「一人歩きは危ないべや。まあ、ここら熊は出んにしても、雪に嵌まったり土手から落ちたりすりゃ、命にかかわるべ。送ってってやるから、待っててんさい」

「いいですいいです、近いから。お月様で明るいし」

しっかりとした物言いの、賢そうな子供だった。

「あんた、いくつだね」

「十二です」

「へえ、中学生かい。ちょっとちっちえな」

「まだ六年。こんど中学なの。あの、駅長さん――」

少女は寒そうに足踏みをしながら、少し言いよどんだ。

「はあ、小便かい。トイレは改札を出て右。待ってろや、電気つけるで」

事務室の扉をそっと開け、配電盤のスイッチを入れる。鈍く瞬きながら、雪のホームが照らし出された。

「あのお、おっかないから、ついてってけらっしょ、駅長さん」

「はいはい、行ってやるべさ」

少女は少しおよび腰になって、乙松の手を握った。

「なんも、おっかなくないべや。ああ、よしよし」

小さな掌《て》を握ると、乙松は悲しくなった。なんだかゆうべの妹も、この姉も、死んだユッコのような気がしてならなかった。こんな気分になるのも、あと三ヵ月で終わる暮らしのせいなのだろうか。

風邪さえひかせなければ、ユッコもきっとこんなふうに大きくなって、毎晩トイレ通いに自分を付き合わせたことだろう。それもこれも、医者さえいないこの村に生れて、すきま風の吹く事務室つづきの部屋に寝かせていたからだ。仕事が子供を殺してしまったのだと思うと、乙松はやりきれない気持になった。

トイレの前で少女を待つ間、乙松はぼんやりと向かいのホームを見つめた。

十七年前の吹雪《ふぶき》の朝に、女房の腕に抱かれたユッコをあのホームから送り出した。いつに変わらず指差喚呼して、気動車を見送った。そしてその晩の気動車で、ユッコは同じ毛布にくるまれ、ひやっこくなって帰って来たのだった。

（あんた、死んだ子供まで旗振って迎えるんかい）

雪のホームにうずくまって、妻はユッコをかき抱きながらそう言った。

そのとき、自分は何と言ったのだろう。

（したって、俺はポッポヤだから、どうすることもできんしょ。俺がホームで旗振らねば、こんなもふぶいてるなか誰がキハを誘導するの。転轍機も回さねばならんし、子供らも学校おえて、みんな帰ってくるべや）

妻は言い返した。

（あんたの子も帰ってきただべさ。こんなんなって、ユッコが雪みたいにひやっこくなって帰ってきただべさ）

妻が乙松に向かって声を荒らげたのは、後にも先にもその一度きりだった。

押しつけられたなきがらのよろめくような重さを、乙松は忘れない。それはたしかに、凍えた転轍機よりも重かった。

記憶の中で、もうひとつの声が甦《よみがえ》った。

（おっちゃん。ユッコ、死んじまっただか）

秀男の声だ。ズックのかけカバンを放り出して、秀男は夫婦の中に割って入り、立ちすくむ乙松の腕からユッコを奪い取った。

(ややや、ユッコかわいそうだねえ。俺の嫁さになるべかって思ってたんだけど、おばちゃん、ごめんな。したって、おっちゃんは俺らのために旗振んなさってんだから、叱《しか》らんでくれしょや。な、おばちゃん)

――つらい思い出を綿入れの懐にしまい、乙松は襟をかき合わせて俯いた。

春になってポッポヤをやめたら、もう泣いてもよかんべか、と思った。

「ありがとう、駅長さん」

「やあ、これ飲んで行きんさい」

トイレから出てきた少女に、乙松は胸の中で温めていた缶コーヒーを手渡した。

「あんた、めんこいねえ。おかさんもさぞ美人じゃろう。さあて、誰の子だろかい」

「はい、半分こ」

「おじさんはいらんんよ。遠慮せんで飲みんさい」

村の子供らの成長を、乙松はずっと見続けてきた。みんな都会に出て行ってしまったが、どの顔も忘れ難い。他人の子供の育っていく姿でさえそんなにも可愛《かわい》く、そんなにも楽しみなのだから、自分の血を分けた子供ならどんなだろうと、乙松は思った。

美寄の町に出ることがないのは、年ごろの娘を見ると切なくなるからだった。地下街を歩けば、死んだユッコの齢の数にふさわしい品物が目について仕方がなかった。赤いランドセルを手に取ってみたこともあった。マフラーやジャンパーを本当に買ってしまって、持って帰るわけにもいかず、通りすがりの子供にあげてしまったこともある。

少女は缶コーヒーを飲み干すと、乙松の袖《そで》を引いた。手ぶりで、屈めと言う。

「なんね」

顔の高さに腰を屈めると、やおら少女は乙松のうなじを抱き寄せた。口うつしのコーヒーが乙松の舌の上に流れこんだ。

「うわあ、いきなりなんだね。びっくらこくでないかい」

少女は凍ったホームではね上がり、尻餅《しりもち》をついて笑った。

「駅長さんと、キッスしちゃった」

「こら、おだつんでない。まったく、いたずらな子だな」

「そんじゃ、あしたまた来るからね。バイバイ」

「ああ、バイバイ。気をつけてなあ、道のはしっこ歩くと雪に嵌まるで、急ぐんでないよ」

少女は舞うように何度も振り返りながら改札を駆け抜けた。

「こら、走るんでないってば」

待合室に戻ると、少女の姿はもうどこにもなかった。月明りがくっきりと差し入り、黄ばんだ漆喰《しっくい》の壁には、ステンドグラスの七色の光が、幻灯のような紋様を描いていた。

扉を軋ませて仙次が寝呆《ねぼ》けまなこの顔を覗かせた。

「なんだね乙さん。まだ暗いでないの――やあ、十二時。寝入りっぱなでないかい」

仙次は柱時計を振り返って、大きなあくびをした。

「ゆんべの子の姉さんが、忘れもんを取りに来た――あれえ、何してんだろねえ、また忘れてっちまった」

セルロイドの人形がベンチの上に置かれていた。

「また来るしょ」

「そうだねえ。届けようにも、どこの家の子かわからんし」

仙次は改札ごしに雪明りのホームを眺め、ふしぎそうに乙松を見つめた。

「乙さん、夢でも見たんでないかい。なしてこんな夜遅くに子供が出歩くの」

「それがよ、器量よしだが、ちゃかちゃかした子で。札幌か旭川《あさひかわ》の子だべ。都会の子は宵っぱりなんだべさ」

「したって、いくらなんでも夜中だべや。雪女でないかい」

「ははっ。雪女なら、俺ァ氷にされてるべ」

「え？」

「いやいや……何でもねえべさ」

人形を抱いて事務室に戻ると、乙松は机に向かって、記入する事項など何もない旅客日報を付け始めた。

札幌の本社から電話が入ったのは、仙次が朝の気動車で帰った、その日の午後である。

本社と聞いて思わず直立不動になった乙松の耳に、なつかしい声が聴こえた。

〈明けましておめでとうございます。秀男です、ども〉

「やあや、秀坊かい。おっと、本社の課長さんにそったら言い方しちゃならん。おやじさんなら始発で美寄に帰ったけど」

〈俺も一緒に行こうと思ったんですけど、きょう御用始めだもね〉

「なんもなんも。そったらことよりか、いろいろ面倒かけたねえ。おかげさんでおっちゃんも、幌舞線と一緒に引退できるべや。なまらポッポヤ冥利《みょうり》に尽きるんでないのって、おやじさんとも話したんだ」

電話は黙りこくった。秀男が札幌本社のデスクに座ったまま、俯いてしまったような気がして、乙松は笑い声をつくろった。

〈あの、おっちゃん。今さっき書類をそっちにも送ったんです。そんなふうじゃあんまりおっちゃんに失礼だと思って、一言おわびを〉

「なんもなんも。そったらことより、おめえずいぶんと上役の人に無理ばかり言ってたんでないかい。出世に響くようなことはないだべか」

〈いや、俺はなんもしてないです。むしろおやじがね、本社に日参していろいろ上の人にかけ合ってくれたりして。美寄の町で毎年一万人からの署名も集めてくれてたんだよ〉

「やあ……そうかね。仙ちゃん一言もそったらこと言わなかったもね。知らなかったあ」

〈わざわざ駅長服ぬいでナッパ服着てねえ、休みの日にゃ朝から晩まで地下街に立ったですよ。こったらこと息子の口から言うのも変だけど、だからおっちゃん、そりゃ言い分はあろうけど、おやじのこと恨まんでやって。すんませんでした、この通り。俺の力が足らなかったです〉

「いや、なんも……もったいねえべや、課長さん」

黙りこくったまま、秀男の息づかいだけが、しばらく聴こえた。

〈おっちゃん、俺ね、心の底からおっちゃんに感謝してるんです〉

「はんかくさいこと言うんでないって。照れるわ」

〈いや、本当なんです。俺、ずっと頑張ってこれたのは、おっちゃんが雨の日も雪の日も、幌舞のホームで俺らを送り迎えしてくれたからね、うまく言えんけど、俺、おっちゃんに頑張らしてもらったです〉

「そんなことで北大に入れるものかね。上級職の試験だっておめえ――」

〈だから俺、うまく言えんけど。みんなそうだと思うよ。東京に出た連中だってみんな、おっちゃんのこと忘れてやしないから〉

「はあ……そうかね。たまらんわ」

受話器を置くと、力が脱けた。

何だか半世紀の時間の重みが、いっぺんに肩にのしかかったようで、乙松は事務机に両手をついたまま、しばらく立つことも座ることもできずにいた。

午後になってまた降り出した雪が、ボタ山の影をおぼろに隠すほど繁《しげ》くなった。音のない世界にレールの軋みとも聞きまがう耳鳴りがやってきて、乙松はまっしろな坊主頭を抱えた。

ふと、出札口のガラスが叩かれて乙松は顔を上げた。おさげ髪の女子高生が、ギャバ地のコートの雪を払っていた。

「こんにちは、駅長さん」

ていねいに頭を下げるしぐさに見覚えがある。ゆうべの子供たちの、またその上の姉が忘れ物を取りに来たのだと気付くと、乙松の心はたちまち晴れた。

「あれえ、あんたまた姉さんかね」

「わかりますか？」

ミトンの手袋を頰《ほお》に当てて、少女はおかしそうに笑った。

「わかるもなんも、声から顔からそっくりだべや」

「きのうは失礼しました。ごめんなさい、駅長さん」

「なんも。遊んでもらったのはこっちだべや。さ、お入り。そこは風が抜けるで」

少女は待合室を珍しそうに眺めわたし、太い梁や古いステンドグラスに感嘆の声を上げた。横顔が輝くばかりに美しい。

「みんなして、親御さんの里帰りだかね」

「はい」と、少女は腰まで届くおさげ髪を縄のように振って見返った。

ははあ、と乙松はようやく気付いた。

「あんたら、円妙寺の良枝ちゃんの子だべ」

「え？」と、少女は一瞬とまどってから、またころころと笑った。

「似てますか」

「ああ、良枝ちゃんの高校生のころとそっくりだべさ。やあ、やっと胸のつかえがおりた。誰の子だべやって、ずっと考えてたんだわ。あんたらの親の年回りでめんこい子っていったら、まず佐藤良枝ちゃんだもねえ。勉強も良くできたし、美寄高校の生徒会長までやったしょ。さ、お入りな。そうとわかれば汁粉の一杯もふるまわねば」

おじゃまします、と少女は事務室の扉を開けた。コートを脱いできちんと畳み、ストーブに手をかざす。紺色に白いリボンのついたセーラー服を見て、乙松は愕《おどろ》いた。

「あれえ、その制服、昔の美寄高校のとそっくりでないの。今はブレザーに変わっちまったけど、はあ、そうしているとまるきり良枝ちゃんだわ」

「道立の制服は、まだこれが多いから」

最後の山が残っていたころの、高校生で溢《あふ》れ返っていた待合室の喧噪《けんそう》を、乙松はありありと思い出した。金ボタンとセーラー服が、毎朝三十人ばかりも集まっただろうか。

乙松は発車の前に点呼をとり、妻はよく汁粉や甘酒を子供らにふるまったものだ。

「元旦《がんたん》に作って食いきれんだけど、はいどうぞ」

少女は座敷のあがりかまちに腰を下ろして、汁粉の椀《わん》を受け取った。

「円妙寺の和尚《おす》さんも、こったらめんこい孫が三人も来て、いい正月だなあ」

少女はかじかんだ手を椀で温《ぬく》めながら、奥の間を振り返った。

「きれいにしてるんですねえ」

「性分でな。昼間はなんもすることないしょ」

何とはなしに答えてから乙松は、円妙寺の和尚め、余計なことまでしゃべりやがってと思った。六十のやもめ暮らしは、そうと悟られれば気はずかしい。

少女は花びらのような唇をすぼめて、汁粉をすすった。ときどき賢そうな眉《まゆ》をひそめて、じっと乙松を見つめる。

「なんだね。田舎《いなか》の駅長が珍しいんかい」

「ううん、そうじゃないけど。おじさんの制服、かっこいいから」

「これが、かい」と、乙松はダブルボタンの古外套の袖を拡げた。

「新しいのもあるだがねえ。どうも着なれたこれの方がいいんだべさ」

ガラス窓の外で、雪が唸り始めた。

「ややや、ふぶいてきちまったなあ。ゆっくりしてったらよかんべ。横なぐれに吹いてるし」

答えがないので振り返ると、少女はいつの間にか座敷に上がって、棚に飾られた乙松のコレクションに見入っていた。

「わあ、デゴイチのプレートだ」

「おや、あんた好きなんかね」

「これ、三十万円もするんですよ。すごい、ホーローのサボまでこんなにたくさん」

「びっくりこくでないかい。あんた、マニアかね」

「高校のね、鉄道同好会に入ってるの。女子は私ひとりなんだけど」

「へえ、珍しいねえ」

乙松は嬉《うれ》しくなった。この駅にも年に一人や二人、都会の鉄道少年がやってくる。彼らに古き良き国鉄を語り聞かせることは、乙松にとって無上の楽しみだった。鉄道談議に花が咲いて、時には泊めてしまうこともある。だが、そんな少年たちが再び訪れることはなかった。たった一両の気動車が往復するローカル線は、彼らの興味の対象としても、あまりに淋しすぎるのだった。

乙松はうきうきと説明をした。ホーローの行先板《サボ》。機関車のプレート。さまざまの解体部品や古い乗車券。タブレットのキャリア。よその駅ではもう見かけることもなくなった現役の日付印字機。

「よかったら、何でも好きな物を持って行きんさい。どうせこの——」

どうせこの春には廃線になるのだと、乙松は言いかけて口をつぐんだ。

「でも、お金ないし」

「金なんぞいらんよ。遠慮せんで、持って行きんさい」

「ほんとに、何でもいいんですか。デゴイチのプレートでも?」

「ああ、構わんとも。円妙寺のじいさまには世話になっとるし、いちおううちも檀家《だんか》だべさ」

娘は汁粉を食いおえると、勝手知ったる家のように、すうっと台所に消えた。

「いいよお、そんなことまでせんでも」

薄暗い台所に百合《ゆり》の花のようなセーラー服の背を向けて、少女は水を使い始めた。

「ねえ、おじさん。もっと話きかせて」

円妙寺の和尚め、それならそうと電話の一本もかけてくれればいいのに、と乙松は思った。

だが考えてみれば、これも和尚の気くばりのうちかも知れない。この娘が来てくれなければ、きっと自分は真昼間から酒をくらって、夕方の便が到着するまで眠りこけていただろうから。

もしや仙次までぐるになって、俺をなぐさめているんじゃなかろうかと、乙松は考えた。


その日、幌舞は時も場所もわからぬほどの吹雪になった。

古い駅舎は、音も光もない純白に埋ずもれた。

少女は決して饒舌《じょうぜつ》ではなかったが、老駅長の語る思い出話を、いちいち感動をこめて聞くのだった。自分でもどうかしていると思いながら、乙松は半世紀分の愚痴や自慢を、思いつくはしから口にした。

それらは古ぼけた制服の胸ふかく、たとえば機関車の油煙の匂いや炭ガラの手ざわりとともに、澱《おり》のように凝り固まっている記憶だった。ひとつの出来事を語るたびに、乙松の心は確実に軽くなった。

特需景気に栄えた時代。駅舎が死体で一杯になった炭鉱事故。機動隊がやってきた労働争議。そして灯の消えるように、ひとつずつ閉められていった山。

一番つらかったことは何かと訊かれて、乙松は娘の死を語らなかった。それは私事だからだった。佐藤乙松として一番つらかったことはもちろん娘の死で、二番目は女房の死にちがいない。だがポッポヤの乙松が一番悲しい思いをしたのは、毎年の集団就職の子らを、ホームから送り出すことだった。

「——あんたより二つ三つもちっちえ子供らが、泣きながら村を出てくのさ。そったとき、まさか俺が泣くわけいかんべや。気張ってけや、って子供らの肩たたいて笑わんならんのがつらくってなあ。ほいでホームの端っこに立って、汽車が見えなくなってもずっと汽笛の消えるまで敬礼しとったっけ」

そういえば、あのころ仙次は機関士だった。集団就職の汽車は、ずっと警笛を鳴らし続けていた。

ポッポヤはどんなときだって涙のかわりに笛を吹き、げんこのかわりに旗を振り、大声でわめくかわりに、喚呼の裏声を絞らなければならないのだった。ポッポヤの苦労とはそういうものだった。

「ややや。すっかり話しこんじまって、最終の時間だべや。仕事すませたら寺まで送っていくべ。ほれ、風邪ひくからこれ着てな」

乙松は綿入れを少女の肩に掛けて事務室に下りた。外套を羽織り、帽子の顎紐をかけ、カンテラを提げて駅舎を出る。柱時計が七時を打った。

手早く雪を掻くと、乙松はプラットホームの先頭に立った。トンネルから光の輪が現れた。雪の帳《とばり》を突いてきたのは、たくましいDD15のラッセルだ。

空身《からみ》の気動車を牽《ひ》いて雪を噴き上げながら走ってくるラッセルの姿を見たとたん、乙松は心の底から申しわけないと思った。俺のわがままをとうとう最後まで聞いてくれたのだから、退職金も恩給も受け取るわけにはいかねえ、と思った。

右手にカンテラを上げ、左の指をまっすぐに線路に向けて、乙松は押し殺した嗚呼の声を絞った。

若い機関士と一緒に、なじみの操作員が降りてきた。

「やあ、みっちゃん。きょうは大ごとだべ。一服つけて、汁粉でも飲んでってや」

「せっかくだが、乙さん。折り返して本線のラッセルせねばならんでねえ。ちょっくら小便だけ——ああ、これ機関区のみんなから」

操作員は立派な果物籠《くだものかご》を差し出した。

「なあんも。まだ三月《みつき》も余っとるしょや。餞別《せんべつ》には早すぎるべさ」

「そうでないってば。仏壇にお供えして」

二人の乗務員は肩を揺すりながら便所へと走って行った。

ラッセルを送り出したあと、乙松は機関区からの届け物を提げて駅舎に戻った。

そらとぼけてあんな言い方をしたけれど、それが何のための差し入れなのか、乙松にははなからわかっていた。機関区の古顔たちはユッコの命日をちゃんと覚えていてくれている。まるでタブレットの輪でも手渡すようにさりげなく供物を渡し、乙松もまた彼らの好意を黙って受け取る。

乙松は木枠の改札に立って雪の積もった駅長帽をとり、轍の音の遠ざかる雪の闇に頭を下げた。

こんな立派な籠など食いきれるわけもないから、送りがてらにこのまま円妙寺に届けて供物にすべえ、と乙松は思った。

「さあて、おねえちゃん行くべや。デゴイチのプレート持ってけ。そうそう、お人形も忘れずになあ」

そう言って湯気に曇った事務室の扉を開けたとき、乙松はぎょっと足を止めた。

(……おっかあ)

いや、ちがう。だが座敷にちんまりと座った赤い綿入れ半纏の後ろ姿が、一瞬死んだ女房の背中に見えた。

「どうしたの、おじさん。はい、ごはん食べよ」

「あれえ、こったらごちそう、あんたが作ってくれたのかい」

「勝手に冷蔵庫あけちゃったけど、ごめんんね」

「なんもだ……今の間にあんたこれ、みんな作ったのかい」

小さなちゃぶ台の上には、干物と玉子焼と野菜の煮付が、二人分きちんと置かれていた。

「これ、使っていいですか」

炊きたての飯を盛りながら、少女はにっこりと笑って茶碗《ちゃわん》と箸《はし》を手に取った。

「死んだおっかあのだけど、よかったらどうぞ――いやあ、おっちゃんびっくらこいちまって、あんた料理じょうずだねえ」

「電気釜だと時間がかかるから、お釜で炊いたの。あんまりうるかさないで炊いたもんで、めっこごはんかなあ」

「まあ、残りもんでこったらごちそう作るなんて、あんたかまど持ちの良い子だねえ。なんだか魔法にかけられたみたいだべさ。そんじゃ、遠慮なく」

「私、鉄道の人のお嫁さんになるのが夢だから、こったらふうに手早く作れねばだめしょ」

「うん。合格だべさ」

味噌汁を口にしたとたん、乙松は愕くよりもふしぎな気持になった。死んだおっかあの味だった。

「おいしっしょ」

「え……ああ。おっちゃん、なんだか胸がいっぺえになっちまった」

「なして」

ユッコが生きていたら、母から教わった味噌汁を、こうして食わしてくれるのだろう。最終を送り出したあと、いつもこんな夕餉《ゆうげ》が自分を待っているのだろうと、乙松は思った。

乙松は箸を置いて、膝を揃えた。

「おっちゃん、幸せだ。好き勝手なことばっかして、あげくに子供もおっかあも死がせて。だのにみんなして、良くしてくれるしょ。ほんとに幸せ者だべさや」

「ほんとに？」

「ああ、ほんとだとも。もういつ死んだっていいぐらいだべさ」

電話が鳴った。サンダルをつっかけて乙松は事務室に下りた。

「もしもし。ああ、和尚《おす》さんかい。明けましておめでとう。おねえちゃん、すっかり引き止めちまった。いやあ、めんこい子だねえ。いま飯まで食わしてもらってるべさ」

円妙寺の和尚の電話は、帰りの遅い孫娘を気遣ってのものではなかった。とんちんかんなやりとりの後で和尚は、今年の供養はどうするのか、と言った。

電話を切ってから、乙松は振り返ることができずに、肩を落として椅子《いす》に座った。和尚の声が耳の奥でぐるぐると回った。

（乙さん、あんたボケちまったんでないかい。良枝も誰も、帰っとりゃせんよ）

乙松は机の上のセルロイドの人形を手に取って、黄ばんだレースの洋服を指で弄《もてあそ》んだ。

「こったらことって、あるだべかやあ……」

出札口のガラスに、うなだれる少女の姿が映っていた。

「……おめえ、なして嘘《うそ》ついたの」

凍えた窓に、さあと音立てて雪が散った。

「おっかながるといけないって、思ったから。ごめんなさい」

「おっかないわけないでないの。どこの世の中に、自分の娘をおっかながる親がいるもんかね」

「ごめんなさい。おとうさん」

乙松は天井を見上げ、たまらずに涙をこぼした。

「おめえ、ゆうべからずっと、育ってく姿をおとうに見せてくれたってかい。夕方にゃランドセルしょって、おとうの目の前で気を付けして見せてくれたってかい。ほんで夜中にゃ、もうちょっと大きくなって、またこんどは美寄高校の制服さ着て、十七年間ずうっと育ってきたなりを、おとうに見せてくれただか」

少女の声は降り積む雪のように静かだった。

「したっておとうさん、なんもいいことなかったしょ。あたしも何ひとつ親孝行もできずに死んじゃったしょ。だから」

乙松はセルロイドのキューピーを胸に抱いた。

「思い出したんだべさ。この人形、おっかあが泣く泣くおめえの棺箱《かんばこ》に入れたもんだべ」

「うん。大事にしてたよ。おとうさん、美寄で買ってきてくれたしょ。おかあさんがレースの服あんでくれて」

「そったらこと、おめえ……おとうは、おめえが死んだときも、ホームの雪はねてただぞ。この机で、日報《ヒノホ》書いてただぞ。本日、異常なしって」

「そりゃおとうさん、ポッポヤだもん。仕方ないしょ。そったらこと、あたしなあんとも思ってないよ」

乙松は椅子を回して振り向いた。ユッコは赤い綿入れの肩をすぼめて、悲しい笑い方をした。

「めし、食うべ。めし食って、風呂へえって、おとうと一緒に寝るべ。な、ユッコ」

その日の旅客日報に、乙松は「異常なし」と書いた。

夜半に雪がやむと、幌舞のボタ山の上には銀色の満月が昇った。

「ひゃあ、幌舞線のこんな実入り、初めて見ただべさ。満員だわ」

若い機関士は車掌鞄《どうらん》を提げてホームを歩きながら、キハ12の座席を覗きこんだ。

「あったりめえだ。勤続四十五年の駅長が死んだだぞ。そこらの偉もんの葬式とはわけがちがうべ」

「しかしまあ乙松さん、じゃなかった幌舞の駅長、いい顔してたなあ。俺もあやかりてえなあ。ほれ、そこのホームの端の雪だまりにね、しっかり手旗にぎって倒れてたですよ。口にゃ警笛くわえて」

「もういい。もうその話はすんな」

仙次は運転台に乗りこむ前に、ホームの先端に立って雪を踏んだ。乙松がここに倒れていたのは、淋しい正月をともに過ごして帰った、その翌朝のことだった。始発のラッセルが、前のめりに俯《うつぶ》した遺体を見つけたのだった。

「おめえ、たしかあの晩も乗ったっけな」

「はい。機関区の道雄さんと一緒にラッセルで」

「乙さん、変わった様子なかったかい」

「なんも。元気そうだったけどなあ。ちゃんと健康診断ぐらい受けときゃいいのに――あ、そうそう、そう言やあ」

「なんかね」

「うわあ、思い出したあ。俺ね、道雄さんとトイレ借りたんです。そいで俺、ちょっくら彼女に電話すべと思ってね、事務室覗いたんすよ。したら、中にお膳《ぜん》の仕度がしてあってねえ。それも、二人分」

「二人分、ってかい」

「なんかこう、ゾオッとしたですよ。乙松さん、二人で飯食うはずないしょ」

「べつに、ないことなかんべや。客ぐらい来んさっても、ちっともふしぎではないべ」

「いやいや、俺ね、奥さんが元気だったころ、何度も飯食わしてもらったことがあるんです。奥さんの茶碗見ちゃったもね。そんで、奥さんの赤いちゃんちゃんこがね、座蒲団の上に置いてあったすよ。ちらっと覗いて、ゾオッとしちゃったもんねえ」

「考えすぎだべさ。村の子がよく遊びに来るって言ってたっけ」

「死神が来たんじゃないすかあ。お迎えに」

「ばかこくでねえ。めんこい子供の死神なんて、いるもんかい。ま、乙さんちょっとボケてたんだな。おっかあに死なれて、廃線だあ、定年だあと言われりゃ、誰だってボケるべ」

「うん。そういやさっき円妙寺の和尚さんも言ってたしょ。乙さんここんとこおかしかったって」

仙次は四方を囲むような幌舞の山を見渡した。雪あがりの空は絵具をまいたような青さて、朱い国鉄色のキハが良く似合った。

「大往生だべさあ。雪のホームで始発を待って、脳溢血《のういっけつ》でポックリなんて——おい、運転かわれ。俺が乙さんを送ってやるべ」

「ええっ、おやじさんが運転するってかい」

「心配すんな。これでもデゴイチに十年、キハに十年も乗務しただぞ。おめえなんかよりずっと腕はたしかだ。こら、どけ」

仙次は機関士を押しのけて、キハ12形の狭い運転台に座った。

「みんな俺の運転だと知ったらおっかながるべや。目かくし下ろしとけ——おおい、乙松さん、乗ったかい」

制服の駅員たちで埋まった客席の通路には、錦のかかった乙松の棺桶《かんおけ》が乗っていた。

「はい、乗ってます。これは名案ですよお、乙松さんを美寄の焼場までキハで運ぶってのはドラマチックですよお、供養ですよお。したって、俺、明日から三ヵ月も、また空身のこの車に乗らなきゃならんですよお」

「なあに言ってるの。みっちゃんなんか、今晩から駅長代理であそこに寝泊まりすんだぞ」

「ひええ、考えただけでおっかないねえ」

古い革の車掌鞄《どうらん》を開け、仙次は乙松の形見を取り出した。軍手を嵌き、庇《ひさし》のゆがんだ立たせた。

濃紺の国鉄帽を冠《かぶ》り、しっかりと顎紐をかける。油にまみれた男の匂いが、仙次を奮い

「出発、進行ォー」

声をしぼって、仙次は喚呼した。

前方の腕木式信号に人差指を向けると、まばゆい午後の光が瞼を刺した。

駅舎の前に並ぶ手動の転轍機。犬釘《いぬくぎ》を打った枕木。錆《さ》びたレールの貨物ヤード。昔から少しも変わらぬ幌舞の風景が、少しずつ動き出した。

老いた気動車のたしかな手応《てごた》えが伝わると、乙松との鋼鉄の日々が仙次の胸を被った。

「乙さん、よく見とけや。俺とおめえとで、このポンコツに引導わたしてやるべさ」

「泣かさるねえ、おやじさん」

機関士は助手席に立ったまま、洟《はな》をすすった。

世の中がどう変わったって、俺たちはポッポヤだ。ポッポーと間抜けた声を上げ、鋼の腕を振ってまっすぐに走るポッポヤだから、人間みたいに泣いちゃならんのだと、仙次は唇を噛《か》みしめた。

トンネルに入ると、力強い動輪の音が耳を塞《ふさ》いだ。

「おやじさん、キハはいい声で鳴くしょ！　新幹線の笛も、北斗星の笛もいい声だけど、キハの笛は、聞いて泣かさるもね！　わけもないけど、おれ聞いてて涙が出るん

だわ！」

「まだまだっ。聞いて泣かさるうちは、ポッポヤもまだまだっ！」

仙次は涙がこぼれそうになるたびに背筋をぴんと伸ばし、キハの笛を力いっぱい踏みしめた。

エッセイ

ニッポンぶらり旅　釧路

太田和彦

北国で聴く裕次郎

飛行機から降りて釧路《くしろ》空港バスに座ると〈札幌《さっぽろ》↕沖縄直行便継続！　釧路からの乗換えもスムーズ　暖かい沖縄へ行こう！〉と、コバルトブルーの海を背景にした広告が出ている。釧路から沖縄は遠そうだ。

窓から見る北の空は冴《さ》えざえと晴れわたる。気温は零下とアナウンスがあった。市街まで五十分。あまり多くない乗客はみな無言。空港からすぐに原野になり雪が少し。牛の群れに特に囲いもない。阿寒川《あかんがわ》を渡った平地にぽつりと一軒家が建つ即物的風景が広がる。午後二時前に太陽は地平線近い。

下車したバス停から釧路川畔のホテルまでは二百メートルばかりだが、広い河口をさかのぼってきた強い海風ものすごく、完全冬山装備の前傾姿勢で一歩また一歩。ようやくホテルロビーに入り、しばし放心、呆然《ぼうぜん》と立ちつくした。

たちまち夜になり、厳重な防寒手袋の手で居酒屋「しらかば」の戸を開けた。この寒さ、居酒屋だ、居酒屋しかない。

「あらー、待ってたわ〜」

「来たよ〜」

白割烹着《しろかっぽうぎ》の女将《おかみ》と抱き合わんばかり。何年ぶりかの釧路に行くと伝えておいた。

浅い「く」の字カウンターの奥は「L」に曲がり、その角内側におでん鍋が湯気を上げる。台所の真ん中に炉端が立ち上がり、鉄瓶を下げる真鍮《しんちゅう》の自在鉤《かぎ》は鶴が羽をひろげて宝船を支えるめでたい造りだ。丸太を縦にならべた腰板、手作りの厚い木棚、置いた船の舵輪《だりん》が漁港らしい。

一杯目は生ビールだ。外はいかに厳寒といえども北海道は冬も生ビール。日本のビールの歴史は明治の開拓使麦酒醸造所にあり、味は確実に本州よりもうまい。それは居酒屋がビールの扱いに慣れているからとも、また北海道は外は寒いぶん室内暖房が完全で、冬こそ冷たいビールがうまいのだとも言われる。

クイ、クイ、クイー……。

たちまち大グラスは半分に。お通し〈牡蠣《かき》豆腐〉は、小碗《しょうわん》のおつゆに浸る豆腐半丁に、ぷっくりした牡蠣を二つのせ一味唐辛子ぱらり。昆布出汁《こんぶだし》のしっかりきいたおつゆの小鍋でそのつど温めた牡蠣は、刻み葱《ねぎ》がよい香りをつけて旨《うま》みが開き、最後はおつゆも飲み干す。牡蠣と昆布は釧路に山ほどある。

女将が「鮭《しやけ》のここんとこ」と自分の鼻柱をトントンする〈氷頭《ひず》なます〉は、鮭の鼻の軟骨の薄切りで、青と白の対比美しくかすかな脂を感じて絶品。これには酒だ。「ちょうど今日届いた」と薄紙を開ける一升瓶は釧路唯一の地酒「福司《ふくつかさ》」の大吟醸山田錦《やまだにしき》一〇〇％極寒特別仕込み。

ツイー……。

うーむ、洗練されすぎない太さが味わいだ。昔は米のとれなかった北海道は日本酒の歴史は浅いが大吟醸を仕込むまでになった。

「はいどうぞ」。届いた大皿〈本日の盛り合わせ〉は、茹《ゆ》で北海しま海老《えび》／カニ身サラダ／紅鮭入りポテサラ・ブロッコリ添え／ウニ・ひじき・醤油漬《しようゆづけ》ニンニクなどいろいろ入り卵焼き。赤白緑黄は正月お節《せち》料理のように華やかで、これでだいぶ飲めそうだ。

いずし

小さく流れるのは石原裕次郎の映画主題歌「赤いハンカチ」だ。

北国の春も逝く日
俺たちだけが
しょんぼり見てた
遠い浮雲よ……

刑事の裕次郎は誤って参考人を撃ち、辞職して北海道を流れ歩くが、誤射に裏があるのを知り横浜に戻って真相をさぐる。北海道のダム工事飯場の肉体仕事とやるせない酒。ハマ（横浜）に戻りホテルニューグランド前の並木をギターをつまびきながら行く裕次郎は大人の魅力をたたえ、中期ムードアクションの傑作となった。

「いいね、音楽」

「お客さんが、オレが来たら必ずかけろって持ってきたのよ」

裕次郎は幼いころ小樽《おたる》で育ち「おれの小樽」という曲もある。北海道で聴く裕次郎はいい。東京から釧路は遠い。このあたりは飲み屋街のはずだが、すっかり暗くなった道は人影なく、居酒屋の灯《あか》りがぽつりぽつりと夜霧に浮かぶばかりだ。そこを寒さに肩をすくめて一人歩くのは孤独な旅情があった。

「太田さん、今回は何？」

「女将さんに逢《あ》いにだよ～」

「またまたー、うれしいこと言ってくれるじゃん」

「寒いね」

「いやあったかいよ、こんなもんじゃないよ」

気《き》っ風《ぷ》よい女将は着物に白割烹着、赤い鼻緒の下駄《げた》は素足だ。

「釧路の正月は？」

「いずし、これがないと正月にならんで」

いずし＝飯寿司は、炊いたご飯と「本チャン」という紅鮭をキャベツ・大根など野菜と一緒に四十日ほど麴《こうじ》で重ね漬けする。旭川《あさひかわ》あたりはニシンで〈ニシン漬〉、青森は〈ハタハタ飯寿司〉になる。

太田さんに食べさせたいがまだ早いと、代わりに出した〈はさみ漬〉は、いずしに余った鮭や野菜の麴漬けを輪切り大根にはさんで二週間ほど漬けたもので、見かけは大根のサンドイッチ。

「大きく口開けて、あむっとやってください」

あむっ……香る麴と鮭に寒い北海道のバイタリティーを感じる。

北酒場の夜はふけて

釧路の夜に、居酒屋「しらかば」も混んできた。

カウンター入り口近くは着ぶくれたお婆《ばあ》さん二人と娘さん。お婆さんは骨の端を紙で巻いた特大スペアリブを肴《さかな》に生ビールの飲みっぷりがいい。とつとつとした口調のお婆さんの話が聞こえる。昔初めてのデートでレストランに連れられ、彼はジュース、自分はビールを注文。届いたビールは彼の前に置かれた。彼は東京の人で洋食に慣れていたが、自分はナイフフォークが使えず恥ずかしかった。

その方と結婚。ご主人は肉好きだった。歳《とし》が離れており、いずれは老々介護を覚悟していたが、ご主人は先年入院二週間であっさり八十八歳で先立たれた。ふつう仏壇に生ものは供えないが、うちの寺は何でも好きだったものを供えてよいと聞き「ステーキ焼いて半分上げ、半分私がいただき、下げたらそれも」と笑う。

「今朝は豚肉をたれで焼いて半分上げた」「最近テレビで老人も肉がいいと言うし、百歳まで生きるかもよ」と言う女将に「それはやめる」と笑う顔のたくましさ！　ぐいぐい肉を食べ、ビールを干すお婆さんに感動した私は力をもらっている。さすが北海道。

以前ここで食べた蝦夷鹿《えぞしか》肉はうまかった。ちょうど鹿肉を生産販売する会社の社長さんと専務が来ていてお話を聞いた。

野生推定六十万頭のエゾシカ（ニホンジカ）を捕獲し牧場で飼育する「養鹿《ようろく》」をやっている。国有林植樹の九割がエゾシカの食害で枯死しており捕獲は自然保護にもなる。巴《ともえ》形の囲いの奥に餌を置くと自然に入って来る単純な捕り方で、地域で時期が違うが釧路は十月〜三月いっぱい。牧場で百五十キロぐらいまで育てて肉を整え、出荷する。昔の狩猟鹿は撃ってすぐの血抜き技術がなく、肉はおいしくなかったが養鹿により向上した。十年前に始めたが地元釧路の料理屋はラーメン屋、そば屋、居酒屋しかなく（笑）、ほとんどは東京の高級フランス料理店に送った。今は学校給食のハンバーグや焼肉、カレーで使われる。

味を知ってほしいとしらかばに持ち込み定番メニューにしてもらった。女将の工夫した食べ方は塩・醤油・味噌《みそ》の〈串焼き三本セット〉。塩は、鴨《かも》に似るがやはり野生の獣肉である鹿肉の味がよくわかる。醤油は行者ニンニク漬の醤油を使いコクがある。味噌はどっしり。セットの後は好みの味で一本二本と追加する。そこにスペアリブが加わった。

「太田さん食べてみない？」

「食べる食べる」

「〇〇さんも二本目いかが？」

「いただきます」

お婆さんは健啖《けんたん》だ。骨から食いちぎる鹿肉は血がにじんでジューシー。「おいしいおいしい」の声に社長と専務はご機嫌だ。

北海道の食の歴史

いつしか昔話になった。

「昔は何もなかったなあ」

「毎日芋とかぼちゃと塩辛。米粒なんかないところに芋刻んで」

「トウキビの粉はまずかった。トウモロコシだけど粒々がない」

「でもアメリカさんのおかげで子供育ったんだよ」

「そうだなあ」

炉端の火を囲んでしんみり聞く話に北海道の苦闘の歴史がしのばれる。道人がじゃが芋に特別な気持ちを持つのは、米がない土地の食を支えたからだ。おかずはイカ塩辛のみ。今も茹でたじゃが芋にのせ愛着をもって食べる。バターは作っていたが高価で買えず、じゃがバターはご馳走《ちそう》だった。ジンギスカン料理は、戦時の軍服用に供出する綿羊の肉が余るのを食用にしたのが始まりと聞く。

二本目の酒、根室《ねむろ》「北《きた》の勝《かつ》」も大吟醸なのに力強く鹿肉に合う。「昔の酒はもっと甘かった」。きっとそうだろう。寒い地には甘口だ。

「こんばんはー」と入ってきた若い女性四人に店が華やいだ。ビールで「カンパーイ」「わー、牡蠣豆腐おいしい」「今日搾った福司の濁り、飲む？」「飲む飲む」。細長いグラスに注《つ》いでシュワシュワと上る気泡を注視。「いただきまーす」と全員が口を持ってゆく光景に皆がにこにこだ。

「鹿」をキーワードにハンター、学者、官庁、料理家、栄養士、画家、グッズ製作、マスコミ人などで自然にできた産官学連携「釧路シカ会」のメンバーで、釧路料理学校の先生という方は学生と鹿肉の味噌漬けを作った。きっとおいしいだろう。鹿は牛と同じ四つの胃袋の反芻《はんすう》系で、赤身が多い高タンパク低脂肪。鉄分豊富で貧血によく、栄養効率が高く高齢者に向くという。まさにお婆さん、いや私にもピタリ。鹿肉万歳。

今日は忘年会だが四人しか集まらずここで二次会になった。では鹿肉を食べるかと思ったらそうではなく、巨大な〈刺身盛り合わせ〉に歓声を上げ、おいしいおいしいと争うようだ。

「生ものなんてなかなか食べられない」

「世の中で一番好きなのがツブ貝。アワビより好き」

「カニは毛ガニと花咲。その地で生まれ育ったものに勝るものなし。よそのは食べれん」

言うことが気持ちよい。北海道の女性はさっぱりと明快でいいなあ。寒い北海道は生ものを食べる習慣がなく、刺身は新しい料理で、両親は今も「刺身にできるサンマ」と持っていってもすぐ甘露煮にしてしまうとか。

北の酒場で次々に聞こえてくる話がみんないい。名酒場しらかばの女将がそうさせる。

気がつくともう三時間も座っている。

「太田さん、今日はゆっくりできていいね」

「うん、もっと居るよ、もう一杯」

「はい、うんと飲んでね」

肉好きのお婆さんがにっこり私を見た。

雪降る幣舞橋

冬の釧路にやって来て、すぐさま居酒屋に入り四時間も居た。炉端を囲む客は、寒い外に出て行くよりはここでこうして飲んでいようやと、みな長尻で互いにいろんな話をした。

長い夜に慣れているのだろうか。東京の人間のように、相手の話が終わるのを待てず、かぶせて喋《しゃべ》る人はいない。人の話をゆっくり聞いてあいづちを打ち、おもむろに自分も口を開く。主張や笑わせてやれと構えない、とつとつとした話しぶりは、それゆえに相手の耳を澄まさせた。

それも終わり、帰るときはオーバーのボタンをすべて留め襟巻も手袋もニット帽も身支度し、意を決するように「じゃ」と戸を開けると冷たい風がヒューと入ってくる。私も「滑らないように」の声を後に長く居た店を出た。

ホテルで眠り込んだ翌朝、カーテンを開けるとすでに明るく、冬といえども北海道の朝は早い。

橋好きの私が最も好きな橋の一つは釧路の幣舞橋《ぬさまいばし》だ。防寒に身を固めて橋を見に出た。

根釧《こんせん》原野を蛇行する釧路川が海に注ぐ河口に架かるこの橋は、明治二十二年の有料木橋「愛北橋《あいほくばし》」に始まり、明治三十三年に初代「幣舞橋」、昭和三年に四代目・コンクリート永久橋になり、北海道三大名橋に数えられた（他は旭川「旭橋《あさひばし》」、札幌「豊平橋《とよひらばし》」）。その昭和三年製の橋詰めの花崗岩《かこうがん》の親柱は高さおよそ六メートル。四隅にどっしりした角柱を据え、間に三角、丸、四角をモチーフにした装飾を組み込み、黒御影石の輪を基点に立ち上げた四角柱オベリスクの先端は三角に尖《とが》り天を指す。当時のヨーロッパ・アールデコにモダニズムを加味したデザインはきわめて完成度が高い。

昭和四十八年、橋幅十八メートルを道路幅三十三メートルに合わせ架け替えると決まった。市は単なる拡幅再架橋ではなく「橋を渡り、橋を眺める市民の立場」を大切に各層に意見を求めた結果「橋はただ渡れたらそれでいいものじゃない」と（1）親柱存続など旧橋のイメージを引き継ぐ、（2）ヨーロッパの都市並みに橋に彫刻を飾りたい、となった。（1）はすぐ決まったが（2）は橋に彫刻を置くのは全国に前例がなく、つまり初めてのことで「幣舞橋彫像設置市民の会」が設立され、予想される費用四千五百万円は市民の募金でまかなうこととなった。

〝橋に彫刻を立てる募金〟は目標を達成。昭和五十二年、「道東の四季」をテーマに「春」舟越保武《ふなこしやすたけ》、「夏」佐藤忠良《さとうちゅうりょう》、「秋」柳原義達《やなぎはらよしたつ》、「冬」本郷新《ほんごうしん》の、第一線彫刻家による裸婦像として姿を現した。

〈四代目幣舞橋は、機能性に加えて造形美重視の橋であった。五代目幣舞橋は橋そのもののデザインに、市民による彫像設置という新しい試みを加えた。市民がこだわり積み上げた知恵は、その後、都市の景観というものを考える契機となり、橋が橋のみならず、幣舞橋を軸にした周囲の景観形成にも影響を与える時代になった〉（釧路市地域史料室編『街角の百年――北大通・幣舞橋』釧路市教育委員会より）

その幣舞橋は降る雪の中に形だけがぼうっと浮かぶ。後に知ったが今冬初の大雪に橋を渡る人は少なく、対岸先はかすんで見えない。

しかし、絶え間なく牡丹《ぼたん》雪の降り続く幣舞橋の美しさよ！　積もり始めた雪に足跡をつくる人影は弱い光にシルエットとなり、欄干高い裸婦彫像は肩に雪を積んで寒そうにポーズを保つ。

三連アーチ、全長百二十四メートルの両橋詰め親柱から石段を降りると河岸舗道の波止場だ。すぐ先の海に続く埠頭《ふとう》は船をもやうビット、高い街灯が点々と続きヨーロッパの小港のような雰囲気がある。第八龍勢丸、第三千代丸、釧路繁栄丸などの停泊漁船は静かに雪を浴び、ガラス電球の連なる第十五健漁丸〈釧いか第８８００１１号〉はイカ釣り船だ。

雪の埠頭に停《と》めた自転車から海に釣り竿《ざお》を二本たらし、ポケットに手を入れ、タオルほおかむりで肩をすくめてじっと立つ人がいる。しばらく見ていたが釣れるところを見られるわけでもなくひたすら寒い。雪の橋を見ただけで満足と、おとなしく引き返した。

タラコ発送

その足で駅前の和商《わしょう》市場に歩いた。北海道の広い空からしんしんと降る昼の雪は広い道に着実に積もり、おのずと歩む筋ができてゆくが、左右は白布のようにきれいなまだ。

市場の防寒二重玄関を開けると見わたす限り魚がいっぱいだ。冬の今はたらば蟹《がに》、花咲蟹、毛ガニ、紅鮭、筋子、イクラと赤一色で見ているだけで暖かくなる。肩の雪をぱんぱんとはたいた。一服できる休み所の、和商市場の古い写真と解説がいい。

〈戦後まもなく魚箱を積んだリヤカー部隊が額に汗し、また粉雪の舞う街角で体を震わせる我が子を毛布にくるみ懸命に働き抜いたあの頃……「いつかきっと小さいながらもお店を持ちたい。」そのがんばりがやがてひとつになり、【和して商う】「和商協同組合」がスタートしました。いくら時代が変わってもたえず大衆に愛される魅力を大切に……その思いの原点には、一台のリヤカーから汗と根性で今日を築き上げてきた人の思いが生き続けています〉

隅の喫茶店で熱いコーヒーがおいしい。せっかく冬の市場に来たのだから何か買おう。

タラコの上等を買い、お歳暮がわりにいくつかの知人に送り、自分のは迷ったが宅配便代を節約して持ち帰ることにした。もらった歳末セールの福引を引くと五百円買い物券が当たり、それを元手にニシン昆布巻《こぶまき》を買った。お正月に食べよう。

小説

頸《くび》、冷える

河﨑秋子

目的地天候不順のため出発空港に引き返すことがあります、とアナウンスされた飛行機は、無事に道東の空港へと舞い降りた。低気圧の接近で荒れると予想された天候は結局雪を伴わず、強めの風だけが灰色の雲の下を吹きすさんでいる。寒く、そしてこの地域ではありきたりの朝だった。

小型飛行機に接続されたタラップを下り、空港入り口までの百メートルたらずを肩を竦《すく》めて進む搭乗客の最後を、初老の男が歩いていた。ダウンのハーフコートの下に何枚も重ね着をしているのか、手足が貧相なのにやけに体は恰幅《かっぷく》がいいように見える。疎《まば》らな頭髪と血色の悪い顔つきのせいで、ひどく陰気な空気を伴っていた。

男は機内持ち込みの小さなボストンバッグだけを持ち、手荷物受取所を通り過ぎて到着出口に出た。観光ホテルの迎えや家族を待ちわびる出迎え客の間を足早に通り過ぎる。

そのまま、タクシーのりばで並んでいた一台に乗りこんだ。

「どちらまで」

「すいません、野付《のつけ》半島のほうまでお願いします」

「少し近い道はあるんですが除雪が悪いので、国道を通っていいですか」

「ええ。任せます」

運転手はバックミラーごしにその日最初の客を見た。声の根にある暗さから、その客が抱えている過去や苦労をいちいち勝手に推測するのは悪い癖だと分かってはいた。

今回の客は悪相にこそ見えないが、どうにも纏《まと》う影が暗い。おそらく、見た目の年齢よりも実際はかなり若いのではないかという気がした。験《げん》の悪い客を拾っちまったかな、というのが彼の素直な感想だった。

どちらからですか、とか、ご旅行ですか、などといった無難でありきたりの会話を敢《あ》えて避け、運転手は指示されたまま海へと向かう道を走り始めた。またちらりと無言の客を観察してみると、男はどこか放心したように窓の外を眺め続けている。顔の乾いた皮膚がわら半紙のようだった。

街を形作る建物がまばらになり、雪に覆われた畑が道の両脇を占める段になって、運転手はややスピードを下げ、さりげなく声をかけた。

「野付の、どの辺まで行きましょうか」

「半島の入り口で右折して、南の方角にお願いします。バラサンという地域なんですが、分かりますか」

「ああ、茨散沼《ばらさんとう》の茨散ですか。大丈夫です、知ってますよ。茨散沼は隠れ家的な観光地ですからね」

「とりあえずあの辺まで。そこまで行ったら、思い出せると思うし、また細かくお願いしますから」

「はい、分かりました」

運転手は再びスピードを上げ、明確な目的地に向かって車を走らせた。

男が指定した茨散という地域には、森に囲まれた小さな沼がある。ひっそりと静まりかえり、大きな波も立たないので、カヌーを浮かべるには絶好の場所だ。家族連れのドライブの目的地としても、密《ひそ》かな人気があった。

ただし、それはあくまで夏場の話だ。冬の入りであるこの時期、木々の葉は侘《わび》しく落ち果て、湖面には薄氷が張りついているだろう。魚釣りやバードウォッチングが目的ならば冬でも行く意義があるのかもしれないが、小さなボストンバッグひとつでアウトドアウェアも整えていない男がそんな場所に何をしに行くというのか。運転手に適切な予想は浮かばなかった。

道の先に青く海が輝き、海沿いの町の入り口にさしかかった頃、運転手が急ブレーキを踏んだ。

「すいません、動物が飛び出してきたもんで」

スピードを落とした車の前を、茶色の毛の塊が慌てて横切っていく。前の座席の間からその動きを見ていた男は「キツネですか」と訊《き》いた。

「ええ。一時期、疥癬《かいせん》が流行《はや》って尾もなんもボロボロのやつばっかりになって、個体数も減ったらしいんですが。最近病気の勢いが収まったのか、また数が増えて来たみたいですね。今はもうみんなフサフサになって。住宅街だと悪さもするらしいですよ」

観光客に語り慣れた話題を口にすると、男は運転手を見たまま、重ねて訊《たず》ねた。

「野生のキツネが生きているなら、野生のミンクもいますか」

「ああ、いるらしいですねえ。私は見たことないですが、魚釣りが趣味の同僚が川で見たことあるって言ってました」

案外、自然科学系の学者先生か何かだろうか。話題への食い付き方から運転手は勝手にそう判断し、知りうる限りのことを思いつきで口にして話を繋《つな》いだ。

「ミンクってフェレットとかの仲間なんでしょう。可愛《かわい》らしいんですってねえ。でも何でしたっけ、外来動物とかいう、それですっけ。可愛くても、やっぱり元々北海道にいた動物じゃないから、生態系に色々害とかあるんでしょうかね」

へえ、とか成程、という相槌《あいづち》に気を良くして、運転手はなおもミンクについて語る。

「お客さん、ご存じですか。昔は根室《ねむろ》地方にもミンクの養殖場があったんですって。そこから逃げたのが野生化して自然に悪影響およぼしてるってんだから。全く、迷惑なもんです」

「……そうですか。そうですね」

男はそれだけ言って、興味を無くしたかのようにまた窓の外へと視線を向けた。再び話題を無くした車内で、さきの運転手の密かな疑問を今さら酌《く》んだかのように、男は意識を車外に飛ばしたままで小さく口を開いた。

「昔ね、住んでたとこなんです、茨散は。随分と昔にね」

○

魚のアラが放つ生臭い臭いの中で、無数のミンク達が一心に魚の頭を齧《かじ》る音が響いていた。

孝文《たかふみ》はその音を聞きながら、ああ、今日もみんな元気で良かったと心底安心する。ミンクは皆、一匹につき一つの檻《おり》の中で食事を摂《と》っていた。白に近い灰色から黒い個体まで、短い両前足で魚を支え、夢中になってアラにかぶりついている。

「いっぱい食え。腹いっぱい食え。食って、肥《ふと》って、毛ぇフサフサにしてけ」

飼い主の温かい声を知ってか知らずか、ミンク達は望みのままに食事を平らげていく。十分な餌を貰《もら》いつつ寒さ厳しいこの地で暮らしてきたお蔭《かげ》か、その毛はつやつやと豊かな光沢に恵まれていた。

もともと彼らは北海道にいた動物ではない。北米原産で、毛皮のために人間に養殖されているイタチの仲間だ。

北海道に毛皮獣の養殖が導入されたのは、国や道庁主導のもとだった。日清日露と、日本を飛び出し大陸での戦争を経験した兵士達は、その寒さに仰天する羽目になった。大陸の、しかも内陸の寒さは温帯で育った兵士の気力も生命力も無慈悲に奪っていく。血で血を洗う戦闘に加え、極寒によっても彼らは文字通りの地獄を見ることになった。

これにより国は軍服をより温かく改良する必要に迫られた。より温かく兵士の体を守り、万全の状態で戦いに臨めるような軍服を。その大号令は、当時の産業構造を大きく変えさえした。

特に重要だったのは動物性素材だ。まずは日本にもともといない羊を大々的に導入し、羊の飼育と羊毛の大量生産体制を整えた。次に毛皮。主にキツネの海外品種を導入した養殖が各地で開始され、それらの毛皮は兵士の体を温め続けた。

戦後、当然、これらの動物由来の衣料品を高く買い上げて来た軍部は消滅する。さらに羊毛は輸入自由化に伴い自国で生産するメリットが薄れた。毛皮生産のうち、養狐《ようこ》業《ぎょう》は海外から導入した生体にエキノコックス条虫という人間を死に至らしめ得る寄生虫が付着していたことが判明し、北海道各地にエキノコックス拡散が恐れられるのと時を同じくして、その生産体制も急速に縮小していった。

そんな中、ミンクの毛皮の生産は一九五〇年代の神武《じんむ》景気の波に乗り、しなやかに増えていった。その柔らかで密な毛皮は温かく、また温かさ以上に贅沢《ぜいたく》な艶と優雅さが贅沢品に飢えた女達の憧れとなった。

養狐業をあきらめた北海道の業者はこのミンク養殖に目をつけた。キツネよりも小型で扱いやすく、そのうえ魚を主食としてくれるため沿岸地域では餌に事欠かない。おまけに値段は右肩上がりだ。

道内各地で大小のミンク生産業者が起業し、特に東部・根室には東洋で最大ともされる大規模な業者があった。ここではミンクの養殖から毛皮の加工、製品の販売までも手掛けていた。

そして終戦から十五年経《た》った現在。孝文は根室の隣町で独りひっそりとミンクの養殖を行い、生体を根室の業者に卸す小規模生産者だった。もともと事業を手掛けたのは戦争帰りの父だ。

「毛皮はなあ、いいぞ。温かいぞ。ミンクっちゅうのは本当にいい毛を持ってる。雑魚《ざこ》やアラでも喜んで食ってくれるし、餌がそんなんでも立派な毛皮になってくれる。丁寧にすれば丁寧にしただけ、いい毛皮になってくれる」

そう言って、東京から長野の親戚宅に疎開していた幼い孝文を連れ、北海道に渡った。慣れない気候のなか細々と暮らし孝文を育て、ミンクを大事に育てながら、ある日孝文を残し脳溢血《のういっけつ》であっさりと死んでいった。

孝文は父親から学んだことをもとに、ミンクの養殖をそっくりそのまま引き継いだ。もともと母親は幼いころに病死している。独り生きることを予《あらかじ》め受け入れ、父親を尊敬していた孝文に、躊躇《ためら》いはなかった。

父親がそうしていたように、地元の漁師のもとで働いて雑魚や魚のアラをミンクの餌として貰い受け、沼の縁《へり》にある小屋に帰ってはミンクに与えて管理する。適切に繁殖させ、冬が近づけば毛が豊かになったそれらを根室の業者まで持って行って幾ばくかの金にする。その、父親の簡素な営みを引き継いでなんの疑問もなかった。

餌を食い終えたミンクが檻の中でこちらを見ていた。細長い体に長い尾、小さな頭にはつぶらな両目が瞬いている。孝文は檻の間から長い草の端を差し入れてやった。草を動かすとミンクは猫のようにじゃれつく仕草を見せる。

「ほれ、ほれ。もうちょっとだ。摑《つか》んでみな」

愛嬌《あいきょう》のある動物だ。自分の退屈を解消する方法を知っている。時々こうして遊んでやることでミンクの気持ちも楽になるのか、毛の品質がよくなるような気がする。孝文にとって、商品であるミンクが高い評価を受けることは大きな喜びだった。

餌の食い残しや糞《ふん》などを掃除し、水の容器を確認して小屋を出ると、森の向こうから子どもの姿が二つ。小さな白い瓶を抱えながらぴょんぴょんと下草を飛び越えてくるのが見えた。

「にーいーちゃーん！　あーそんでー!!」

小学四年生の姉、久美子《くみこ》と一年生の弟、修平《しゅうへい》。二人が手を繋ぎながら、声を張り上げてこちらまで駆けてきた。

「おーう、遊んじゃるから、転ぶんでねえぞー!!」

はーい、と彼らは満面の笑みで返事した。

久美子と修平は近所にある農家の子だった。森に接した小さな農地を所有し、二十頭ほどの乳牛で生計を立てている。継ぎだらけの垢《あか》じみた服や、薄汚れてからまった髪などの様子から、率直にいって裕福には見えなかったが、質素で屈託のない子ども達の様子は独り者の孝文の心を和ませるものだった。

「はい、今日の朝搾った牛乳ね。今日は、ミンクの餌、終わっちゃった？」

「おわっちゃった？」

肩で息をしながら真剣に問う二人に、孝文は思わず笑いそうになった。餌をやるところが見たくて急いで来たのだろうか、二人とも襟元や頰に飯粒が貼りついている。

「ごめんな、今日の分は終わっちまったよ。でもミンクの奴《やつ》らはみんな遊びたがってるから、一緒に遊んでやってくれな。草かススキの穂入れて、でも指入れたら絶対駄目だぞ。嚙《か》まれるからな」

「うんわかった！」

良い声で返事をし、二人とも懸命にミンクと遊ぶ草を探して回る。彼らは学校や家の手伝いの合間に、時折ミンクを見にこうしてここにやって来る。

両親から聞いた話だと、歩いて行けるような近隣に同じ世代の子がいないらしい。危険のないようにミンクと遊んでもらうのは問題ないので、孝文も快く姉弟の来訪を受け入れていた。土産にと自分の家で搾った牛乳を瓶に入れて持ってきてくれるうえ、孝文ももともと子どもは嫌いでもないので、賑《にぎ》やかな久美子と修平の来訪はありがたかった。

いずれもう少しミンクで金が貯《た》まったら、嫁でも貰おうと孝文は考えていた。もう少し家をきちんときれいに直すか建て替えるかして、生活の苦労がないようにして、家族を持つ。それは孝文にとってささやかな夢だった。

「ほれ、ほれっ。穂ぉ捕まえてみれ、ほれっ」

「姉ちゃん、その草、こっちにも貸してよお」

「もうちょっと待ってえ。もう少し遊んだらね」

久美子と修平は実に楽しそうにミンクと遊んでいる。彼らを眺めていると、いずれ自分もこうした家族を持って明るく暮らすのだという具体的な像を描くことができた。それは孝文にとって確かな喜びだった。

○

孝文は大きな包みと共に、汽車で根室に向かっていた。

ひと抱えもある檻の中で、五匹のミンクがキイキイ鳴いている。檻は風呂敷で包んであるため中身は見えないが、向かいの席で大きい籠を背負っていた老女がもの珍しそうにこちらを見ていた。

「兄《あん》ちゃん、何さ、それ」

「ミンクです」

「ミンクかぁ。じゃあ、あたしの氷下魚《こまい》と交換する訳いかんねぇ」

老女はそう笑うと、あかぎれだらけの手で懐から大甞飴《たいしょうあめ》の包みを出して、大ぶりなかけらを一つくれた。

口の中に広がる穏やかな甘さと黒ゴマの味を感じながら、孝文は汽車の揺れに身をまかせた。

「ああ。いいんでないかな。下毛がみっちり詰まってるし、毛足も長い。艶もある。まあ、及第点だ」

「よかった。辰《たつ》さんにそう言って貰えると、ほっとする」

辰という職人の目による慎重な見分を受け、孝文はほっと胸を撫《な》で下ろした。秋になり、ミンク達が冬毛に生え変わってから、こうして月に一度か二度、ここ根室のミンク工場へと卸しに来ている。

ここ兼田《かねだ》ミンク製作所は、ミンク養殖と製品加工、販売までを一貫して自社で行っている大規模な業者だった。孝文は父の代からの付き合いで、高い加工技術を有するこの工場に生きたミンクを持ってきて、買い取ってもらうのだ。

「おめえの親父《おやじ》さんの代と同じぐれえの質になったんでねえかな。喜んでいいことだぞ」

「できればさっさと超えたいんですがね」

「したっけもう少し頑張んねばなあ」

辰老人はからからと笑うと、孝文に椅子を勧め、茶碗《ちゃわん》を渡した。

ミンクの毛皮を加工するこの工房は工場の敷地内にあり、使いこまれた大きな作業机の他、孝文には用途の分からない様々な道具が壁に掛けられている。部屋の隅では若手の職人が二人、黙々と手を動かして毛皮を裁ったり縫ったりしていた。

辰老人は工房部門の責任者だ。戦後、この工場が根室で開業した頃からの職人で、外部から持ち込まれたミンクはこの老人が生体の状態などを確認して、全て値段を付けるのが慣例になっている。

ミンクを見る目にも、加工する技術にも厳しいいかにも職人然とした風情は孝文にはいささか恐ろしいが、その仕事の厳しさをそのまま職人の真摯さとして孝文は辰老人を尊敬していた。

老人は孝文と差し向いに掛けながら、茶を美味《うま》そうに啜《すす》った。

「孝文よお。魚滓《ぎょかす》のペレット使わねえで、わざわざ漁師んとこ手伝いに行って、雑魚やアラ貰って来るんだって？　大変でねえのか？」

「しても、親父が口すっぱくして、あいつら魚食う生き物なんだから、できるだけ生の、新鮮な魚食わしてやらねばなんないって言ってたもんですから」

「手間ぁかけたら長続きしねえぞ。っちゅうても、手ぇぬいたら毛皮にはすぐ出てくるから、気張って飼うのはそう悪いことでもねえけど」

辰老人は孝文から目を逸《そ》らし、どこか自嘲《じちよう》めいて嘯《うそぶ》いた。孝文の他にも、この工房に生体でミンクを持ち込む者は一定数あった。戦後のミンク人気はある種のブームといえるほどで、専門の業者から内職的に飼育する個人まで数多かったが、その毛皮の品質、つまりはミンクの飼育環境・健康状態は千差万別なのだと老人はよくぼやいていた。

孝文の持ち込むミンクは辰老人の言では『まあまあ』で、若手の職人がこっそり教えてくれたことによると、『最高級』なのだそうだ。

飼育に慣れていないものや金儲《かねもう》け第一でずさんに飼われた低品質のミンクは言わずもがな、兼田ミンク製作所が自社で所有している大規模な養殖場で生産されるものも、効率や品質の統一性を考えると常に一級品を保てるものではない。その意味で、愚直なまでに手を掛け、少数精鋭で育てられた孝文のミンクこそ高い評価をつけられるという訳だった。

孝文自身は、もっと健康で丈夫なミンクを、もっと良い品質の毛皮をと努めるばかりなので、他と比べて褒められても実はぴんとこないでいる。

どこか居心地悪く孝文が茶碗に口をつけると、外の引き戸を開く音が聞こえた。

「ご免ください よ、親方はいるかねえ」

ウールの着物に温かそうな角巻《かくまき》を被《かぶ》った女性の二人組だった。顔つきと見た目の年齢からいって、母娘のようだった。

「ああ、こりゃ坂下《さかした》の奥さん。なしたかね」

「ちょっとね、ずっと前にここで買ったショールなんだけど、手直ししてもらえないかと思ってさ。この子が着るにいいように」

　女性の隣で、まだ学校を出たばかりらしき少女が恥ずかしそうに頷《うなず》いた。年嵩《としかさ》の女性の顔に塗られた化粧は厚く、指に嵌《は》められた宝石はやたらに大きいが、人品にすれた雰囲気がない。お嬢さん然とした少女といい、大きめの網元のカミさんとその娘かな、と孝文は密かに想像をする。

　女性が手にしていた風呂敷包みを作業台の上で解くと、毛並みの整った漆黒の毛皮が姿を見せた。服飾としての毛皮には素人の孝文が見ても、いい品なのだろうとひと目で分かる。

「今の若い娘が着るには、この色だと着物に合わせ辛《づら》いし、洋服に合わせられるように加工して貰おうかと思うのさ」

　ショールを広げて撫でる女の手つきと目元がひどく優しい。

「私さあ、若い頃からいいことなんて大してなかったけどね。でも独りモンの頃から頑張ってさ、少しずつでもお金貯めたの。そうして月賦でようやくこれ買ったの。着る機会なんてあんまりなかったけど、でもこのショールが箪笥《たんす》にあると思うだけでうきうきした」

「分かるよ。古いけど、毛がまだ整ってて、大事にされてるのが分かる」

　辰老人が女性の言葉を引き受け、満足そうに頷いた。もしかしたら、かつて老人自身が手掛けた製品なのかもしれない。孝文はぼんやりとそう思った。

「私はもう身に着ける機会とかないけどさ。この子にはこれから色々あるかもしれないし。使えるなら使わしてやりたいなって」

「したらさ。首にあたるこのあたりに柔《やわ》い針金ば入れて、襟みたいに立てられるようにするべか。で、肩にかかるところの両側に鋏《はさみ》入れてさ、隠しボタンばつけちゃろう。そしたら、全体の丈短くして襟巻みたいに洋服に合わせられるし、ボタン繋げて長くして、着物の時に羽織るんでもいいべし」

「そしたらいいわ。着物以外でも使えるんだらいいべさ」

「うん、それなら、私でも大丈夫だと思う」

辰老人の提案に、女性も、それまで黙っていた少女も目を輝かせて喜んだ。老人は目を細めると、黒いショールを広げて少女の体にかざした。真っ黒のショールは年若い娘にそのままでは荷が勝つだろうが、職人の言う通りに加工すれば娘と共に輝いてくれそうだ。

「東京のさ、百貨店に卸す奴とおんなじようなの作っちゃるから。こったら北海道の端っこでもさ、いいもんあるんだっちゅうて自慢して歩いてくれればいいわ」

「ありがとう、そうするわ、おじさん」

母子二人はショールを工房に預け、足取り軽く帰っていった。

「最近は時代っちゅうのかな、あんな高いショールを月賦で買う人間も少し珍しくなったわ」

辰老人は残っていた茶を飲み干すと、机の引き出しから何かを掴みだして孝文に渡した。

「何ですか、これ」

白と黒のミンクの毛皮の切れ端だった。よく見ると、白いのは棒状、黒いのは球状に形を整えてあり、端に小さな金属の部品や鎖がついている。

「キーホルダー？　とかいう、根付《ねつけ》みたいなやつさ」

「ああ、車のカギなんかまとめとくにいいやつですね」

「最近はよ、高い製品ばっかりじゃ商売先行き見えねえっちゅうんで、こういうの作れって社長に言われたわけよ。使い途《みち》のない切れっ端が原料だから原価安くて済むけどな」

「いいんじゃないでしょうかね。形もめんこいし、ショールやコート買われない人でも、これだら手にしやすいし」

そういうモンかねえ、と辰老人は得心のいかない顔で首をかしげ、「試作品だからそれ、やるわ」と言って作業台にあるショールに向かい合った。先程の穏やかに母子と話をしていた表情から、すぐに職人の鋭い目に切り替え、長さや縫い目を確認にかかっている。その手は細いが節くれだち、長年硬い皮を切ったり縫ったりした負荷が無数の胝《たこ》にあらわれている。

さっき来た母親の手も、指輪で飾りながらも荒れていた。北の港や山野に暮らす女達の手は、みな一様に荒れている。盛り場で派手な帯を締める女達も、家庭と肉体労働に人生を捧《ささ》げる女達も、皆そうだ。贅沢か貧乏かの差はあれど、ほとんどの女達の体は等しく吹きすさぶ寒風に晒《さら》され、どこか痛めつけられながら懸命に生活を営んでいる。

そんな女達のごく一部に対してでも、頼りない首筋を、細い肩を、華やかさを伴いながら確かに温めたり、小間物としてその生活に寄り添う毛皮は、どれだけ彼女達を支えてやれるものだろう。孝文は先のやりとりと老人の作業を眺めながら、そんなことを考えていた。

○

久美子と修平は強い秋風ももののともせず、頬やら耳を真っ赤にしながら今日も孝文のところまで遊びに来た。孝文はそらきた、と笑って戸棚の引き出しに意味深に手を入れる。

「今日はお前らにいいモンやろうな。当ててみれ」

「わかった、飴だ！」

「ちがうって修平、饅頭《まんじゆう》だよ！」

「んん、残念。食いもんではねえな」

今度、土産に菓子でも買っといてやるかな、などと思いながら、孝文は握った手を二人の目の前でゆっくりと開いた。目を輝かせていた久美子と修平は、ミンクのキーホルダーを目にし、わあっと歓喜の声を上げた。

「あたしこの黒いのもらう！　ありがとう兄ちゃん！」

「おれこの白いの！　めんこい！」

幸い二人の好みが分かれ、ケンカにならずに済んだようだ。

「学校とか持って行くんでねえぞ。無くなったり汚したりしても、替えはねえんだからな」

「わかった！」

二人とも、キーホルダーを手で撫でたり、頬ずりしてその感触を楽しんでいる。ミンクの襟巻などの製品は生産者である孝文自身も手が出ない値段だが、こういった小物ならミンクを服飾品として使わない年代の人間にも手にとってもらえる。孝文は、今度辰老人に子ども達が喜んでいたことを伝えてやろうと思った。

子ども達は帰る時、二人とも大事そうにキーホルダーを手にしながら「父ちゃんと母ちゃんとばあちゃんにも見せてやるんだ」と嬉しそうにしていた。彼らを見送り、孝文がミンク小屋の掃除をしていると、重いエンジン音がこちらに近づいてくるのが聞こえた。程なくして、林の向こうから大きな外国製のバイクが砂利道を突進してきた。ミンク小屋の近くぎりぎりでスピードを落とし、またがっていた大柄な青年が笑う。

「おう、孝文。元気でやってっか」

「お蔭さんでな。今日はどうした」

「いやちょっと、訊きたいことがあってな」

相好を崩している青年は、孝文が働きに出ている網元の息子、圭佑《けいすけ》だった。父親の代からの付き合いだから、気心の知れた幼馴染《おさななじみ》といえる。

「圭佑お前、親父さんがぼやいてたぞ。バイク乗り回してないで、もう少し真面目に仕事勉強しろって」

「仕事は仕事できちんとやってるよ俺は。親父が昔かたぎすぎるんだよ。それより、これからの漁業だって魚獲《と》って終わりってんじゃないんだから、見聞広げないとさあ」

そう言って圭佑は全く屈託なく笑う。買い与えられた高いバイクを乗り回し、最低限の仕事をこなしてはほうぼう走り回ってばかりいる後継ぎだが、人懐こく、下働きの者や若手漁師からも慕われている。

「お前の育てたミンクの毛皮さあ、兼田製作所で買えるって前に言ってたよな」

孝文の生活する小屋でストーブの前にどっかりと陣取ると、圭佑は前置き無しに切り出した。

「ここで俺がとっ捕まえて皮ひっぺがしたら駄目なのか？」

「駄目だよ。きちんと綺麗《きれい》に皮にして、製品に仕上げるのは職人の仕事だもの。素人が真似《まね》できたもんでないって」

ふーん、と大して興味もなさそうなふうを装って、圭佑は後ろに流した髪をさらに撫でつけた。そのまましばらく何も言わずにそわそわしていたが、孝文が白湯《さゆ》を入れた茶碗を渡すと、ようやく口を開いた。

「あのさ。今度俺、嫁さんもらうわけよ。根室のな、網元の二番目の娘なんだ」

「良かったでねえの。いつ？」

「まだ決まってねえ。というか、これから嫁になってくれって頼むのさ」

若干頬を染め、それでも胸を張って言う圭佑に、孝文はなかば呆《あき》れ、なかばこいつらしいと笑った。

「それでさ。俺んとこも向こうも結納がどうのって堅っ苦しいのはどっちかってえと面倒臭い家だから、お前の育てたミンクでできた上着でも先方にやろうかと思ってさ」

「ミンクの上着って、コートかい。えらい高いぞ」

「高いからいいんだろうさ、祝い事なんだし」

「まあ、そりゃそうだけどさ」

圭佑が嫁にしたがる娘ならば、まだかなり若いだろう。ミンクのコート、しかも婚姻の約束の証《あかし》となれば安っぽいものでは済まされない。普通の漁師の娘や後継ぎには決して手が出せないものを無邪気に望む、圭佑の家の贅と大胆さは、孝文には清々《すがすが》しくさえ思えた。

「そっか、そりゃ、いい毛のやつ卸さねえとな。兼田の工房の親父さんに頼めば、毛皮の指定はできると思う」

「じゃ、兼田製作所に行って、沢田《さわだ》孝文が育てたミンクでって指定してコート注文すればいいんだな」

「うん、したらたぶん大丈夫だと思う。指定してもらえば俺も商売としてありがたい」

そうか、と圭佑は機嫌よく笑い、頷いた。彼の頭の中にはもう出来上がったコートを手に自分のもとへと嫁いでくる女の姿が描かれているのだろう。孝文は白湯を注《つ》ぎ足して、圭佑を肘で小突いた。

「で、いい女なのか？」

「そりゃもう、いい女だ。肉付きがちょっと悪いけどな、俺んとこ来たらいっぱい食わせて、楽させて、そんでミンクのコート着させてやる」

「似合うといいな」

「似合うさ。お前のミンクだ。絶対似合う」

二人でそう笑い合った。お互い、女の服やら毛皮やらが似合うかどうかなどまるで分かりはしないが、似合えばいい、と孝文は願った。

「お前もさあ、早く嫁さん貰うといいよ。金貯めてさ。したら、賑やかでいいぞ」

報告を終えて、すっきりとした顔の圭佑はからからと笑う。その明るい笑いを見ていると、孝文も明るい将来像に引っ張ってもらえそうな気になってきた。

「そうだな。うん、そうだよな」

圭佑は自慢のバイクにまたがりながら、「じゃ」と格好をつけて帰っていった。彼が根室にいるという女に孝文が育てたミンクを贈るというのは、勿論《もちろん》品質がいいものを用意したいという理由もあるだろう。しかしそれと同じかそれ以上に、孝文により多く利益が廻《まわ》るようにと思ってのことかもしれない。おそらく、そう口に出して指摘したなら彼は笑って否定するのだろうが。

その気遣いに感謝しながら、彼は圭佑が走り去った方向に軽く頭を下げた。いいミンクを育てよう。いい毛皮を送りだそう。心の底からそう思った。いつかその毛皮が友人の身内の体を包み、寒波からも守って温めてくれるように。

○

　久美子と修平は、その後しばらく孝文の家に遊びに来ることはなかった。根雪が地面を占めてはじめてようやく、とぼとぼとミンク小屋にやってきた。足取りが重いだけでなく、どこか顔が暗い。

「あれ。前にやった、ミンクのキーホルダー、どうした？」

「あ、あれね」

目を合わせないまま、久美子はばつが悪そうに下を向いて言った。

「あたしの、黒いやつは、ばあちゃんに捨てられちゃったの」

「捨てられた？」

　彼らの祖母はいつも自室に籠っており、孝文は直接会った覚えがない。二人の話から推測するに普通の人だと思っていたのだが、人から貰った物を捨てるとはどういうことなのか。疑問に思っていると、久美子はさらに暗い声で呟《つぶや》いた。

「毛皮のものなんか、持ってちゃ駄目だって。ろくでもないって」

　ろくでもない。思わぬ言葉の強い意味に、孝文の思考は凍りついた。取り繕うように、修平が「あ、でもね」と無理に明るい声を出す。

「ぼくの白いのはね、しまってあるから大丈夫だよ」

「ねえ兄ちゃん、猫の木って知ってる？」

　顔を上げた久美子が、ふいに奇妙なことを訊いてきた。その目にはある種の怯《おび》えのような揺らぎが宿っている。

「いや。知らない。何さ、猫の木って」

「戦争やってる時、ばあちゃん、ケンペイさんと村長さんの命令で、飼ってる猫ば差し出したんだって」

　戦争の時。この子達はまだ生まれていない頃。孝文の父親が、大陸で戦っていた頃のことだ。

「どこさ、それ。ばあちゃん、どこ出身だの」

「札幌《さっぽろ》の近くにあるナンタラっていう集落だって言ってた。猫とか犬、神社の前にある広場に全部連れて来させられて、みんな殴って殺して毛皮にしなきゃいけなかったんだって。お国のためにって。兵隊さんの服にするんだって」

　お国のために。兵隊さんの服。そのために毛皮を。孝文の背をぞわりと寒気が這《は》うが、久美子の話を止められぬまま、耳を傾けた。修平も下を向き、拳を握り締めてそれを聞いている。

「でも、犬だと紐《ひも》引っ張ってくから大丈夫だけど、猫は無理矢理に籠に押し込んだり、抱っこして連れて行ったから、逃げたりするの。ひょいって。その猫達が境内の木に登っちゃったんだって。何匹も何匹も。木の上のほうに登って下りて来ないの。飼い主も、ケンペイさんも、みんな下で『早く下りて来い』って怒鳴るから、余計猫は下りて来ないの」

「ばあちゃんの猫も、その中にいたのか」

「うん。可愛がってる三毛《みけ》だったたって。それが、猫の木に登って、絶対に下りて来なくて、そのままになったたって」

「そうか……」

孝文も聞いたことはあった。戦争中、子どもから老人までもが神国日本の勝利を信じて已《や》まず、金属なら釘《くぎ》から釜まで何もかもを差し出すよう要求されていたあの時代に起きていたことを。学校や各家庭ではウサギを飼育することが推奨されていた。あの、ふわふわで柔らかで可愛らしい生き物をなるべく多く繁殖させ、飼育せよとの号令が下されていた。肉は食料に。そして毛皮は北の戦線で戦う兵士たちの戦闘服に使われていたのだという。

実際、孝文の父親は敗戦後、シベリアの強制労働に送られた際、北海道の冬など「糞ほどの比較にもならない」ほどの寒さの中、毛皮を内側に張った上着のお蔭で自分は生き延びられたのだと信じていた。

「分かるか、孝文。寒い冬の朝、鼻毛が凍るだろう。でもシベリアではな、鼻毛だけでなく眉毛も睫毛《まつげ》も全部凍る。そして、歯が痛くなるんだ。口を閉じていても、面の皮ごしに骨も歯も冷えていく。ありゃあ参った。前歯が凍ったみてえになって、ずきずき痛むんだ。虫歯でもねえのに。でもそんな時、上着の襟を引っ張って、顔に当てんだ」

温かく燃えるストーブの近くで、僅かな酒を舐《な》めながら、それでもどこか楽しげに話していた父親の姿を孝文は思い出す。

「襟の内側には動物の毛皮が張ってあった。ありゃ、何の毛だったんだろうな。ミンクでないのは確かだけど、柔らかくて、あったかくてなあ。そん時、その毛皮が当たった部分だけは、シベリアの寒さも敵《かな》わなかった。俺達は戦争に負けたよ。完膚なきまでにってやつだ。外国にも、日本国民全員が望んでた未来にも負けた。でも、俺の襟は、毛皮がついたあの襟だけは、シベリアに負けなかったんだ」

父は、戦線で嫌になるほど見たであろう血の話はしなかった。積み上げられたという同胞の死体の話をしなかった。ただ、自分の首元を温めてくれた何かの獣の毛皮の話ばかりをしていた。

ぼろぼろになってシベリアから帰還し、孝文と再会してミンクの養殖を志した父の動機はその抑留体験に根があったのだろう。だがその因果関係が直接彼の口から語られたことはない。

それでも、その仕事の真摯さと誠実さ、そしてミンクを扱う際の丁寧さから、孝文は父親を尊敬し、その技術をしっかり学ぼうと努めたのだった。父が信じた道だ。生業《なりわい》として選んだ職業だ。孝文の中に迷いはない。そうありたかった。

「ばあちゃんがね、キーホルダー見て、言ったの。戦争も終わったってのに、毛皮の為《ため》に動物を殺生するなんてろくでなしだ。もう遊んだらいけねえって」

「ねえ姉ちゃん、いいよもう、やめよう」

「戦争終わったのに、もう猫の皮剝がなくていいのに、剝ぐために動物飼う意味はないって」

どん、と、音が先に響いた。

頭で考えるより先に、拳が手近な壁を殴っていた。久美子と修平が体を強張《こわば》らせる気配があったが、見ることはできなかった。孝文は下を向いたまま、低い声で唸《うな》るように口を開く。

「なんも。婆《ばあ》さんも、お前らも、なんも知らねえ癖に、何様だの」

子ども相手だ。止《や》めろ。心の中で制止を促す声が聞こえたが、暗い声が喉から湧き出るのを止められなかった。

「偉そうなことを言って。乳や肉とるのに牛ば飼うのと、毛皮とるのにミンク飼うのと、どこの何が違うっちゅうんだ！」

語尾が荒ぶった直後に、二人は小屋の外へと駆けだした。しまった、と火照《ほて》った頭が冷水をぶっかけられたように冷え、彼らを追う。開け放たれた戸口から外に出ると、久美子と修平が自宅への道を走っている背中が見えた。凪に紛れて、二人分の泣き声が聞こえてくる。

「……ろくでなし、か……」

急に全身が力を失い、孝文はその場にしゃがみ込んだ。血がうまく回らない頭の中で、過去に生きた人間の価値観と自分の信念とがぐるぐる回る。いくら考えたところで答えの尻尾を捕まえられるはずもなく、凪はなお冷たく吹き付けた。

○

「うん、今回のやつも質は問題ないな」

辰老人はいつものように檻の中にいるミンクを見分すると、人を呼んで奥の工場へと持って行かせた。いつもと変わらない光景だが、孝文にはこの時キイキイと鳴くミンクの声がいやに耳についた。昨日の久美子と修平の泣き声が頭の中で重なり、孝文は軽く頭《かぶり》を振った。

気分が重い孝文とは逆に、辰老人の機嫌は良いようだった。

「先月あたりよ、お前のとこのミンクを指定してコート作って欲しいってアンちゃんがなんかでかいバイクで来てたよ。金に糸目はつけねえって話でな」

「ああ、知り合いです。カミさんにする女にやるってことらしくて」

「へえ。そりゃ景気良いことだ」

ありがてえありがてえ、と辰老人は笑うと、工房の奥から衣紋掛《えもんか》けに架かったコートを持って来た。

「昨日取りに来るっちゅう話だったけど、まだ来てねえな。お蔭でお前に見せられるわ。どうさ、これ」

「ほお……」

思わず孝文の口から感嘆の声が漏れた。女が着ればおそらく首から尻の下までをすっぽり温かく覆ってくれるであろう長いコートだった。裾にはミンクの尻尾が長くフリンジのように揺れている。

いっけん灰鼠色《はいねずいろ》だが、窓から入る日光が当たったところは内側からきらきらと白銀に輝くようだ。これだけ大きいと何匹分もの皮を繋いで作ってある筈《はず》だが、縫製技術の妙なのか余計な継ぎ目は一切分からない。

「すごいよ親方。これは、すごい仕事です」

「どこに出しても恥ずかしくないモンを作ったつもりさあ。孝文、おめえの育てたミンクだからだ」

辰老人は満足げに笑うと、コートの肩から裾にかけてと、背中と前身頃《まえみごろ》を指し示した。

「ここも、ここも、同じミンクでも毛の質や毛色が変わっちゃ塩梅《あんばい》が悪い。こんだけ高い質が揃《そろ》った毛皮は、お前じゃないと用意できんかったろう」

老人の、節くれだった職人の手がコートの表面を丁寧に撫でる。長年の酷使と寒い環境に耐え、幾多の女達の身を温める毛皮を仕上げてきたあの手だった。

「いい仕事さして貰った」

ほとんど初めて、辰老人に手放しで褒められた瞬間だった。いつも、問題ない、悪くない、という言葉ばかりで、それは辰老人が品質を十分認めてくれているのだと分かってはいても、こうして面と向かって言われると面映《おもは》ゆい。

「いや、親方がミンクば活《い》かしてくれたんです」

孝文はコートの表面を撫でた。梳《す》かれて整えられ、加工された毛皮は生きているミンクの手触りとはまた違う、しかし違う意義と生命を与えられた被毛の温かみがあった。

「喜ぶと思います、きっと」

「これだけのモンだ、やるほうも貰うほうも喜ばねば嘘《うそ》だ」

港から吹き付ける冷たい海風の中、空の檻を手に駅へと向かう足取りは思いのほか軽いものとなった。懐が温かいからだけではない。自分の仕事が認められた自信で心の底が温かい。孝文は自分の単純さに少し呆れつつも、薄い上着の前をかき合わせて駅へと急いだ。

駅舎に入る前に、ふと時計と時刻表を見比べ、駅前通りにある菓子屋に足を向けた。あの子達と、仲直りをしようと思いついたのだった。

昨日は大人げなく怒り倒してしまった自分のばつの悪さと、なにより子ども達を怯えさせてしまったのが申し訳ない。饅頭の一つや二つで許してもらえるかは分からないが、何もないよりは余程良いだろう。幸い今日は銭の余裕もある。

孝文は菓子屋で大島饅頭を二つと、並びの商店で酒の小瓶を一本求め、発車寸前の列車に滑り込んだ。

冬の早い日没を迎え、暗くなり始めた雪原を汽車が行く。カタン、カタンと揺れながら、孝文は時折思い出したように酒の小瓶から一口含み、車窓の外を見ていた。

汽車の照明が窓から洩《も》れ、雪原を一時、四角く切り取ったように照らし出す。その雪原に時折、獣の足跡が残されていることがある。野ウサギか、キツネか、はたまた他の何かか。ぽつぽつと定期的に雪を踏んだ跡を見つけるのをいつしか心待ちにしながら、孝文は家路を愛《いと》おしんだ。

心地良い揺れと車内の温かさに軽く酔い、到着まで少し眠ろうかと目を閉じた頃、耳が車内のざわめきの一つを拾った。

「今警察が調べてるらしいんだけど、湖の氷に落ちて死んだ若いのがいるんだってさ」

車内のダルマストーブにあたりながら世間話をしている中年女性の声だった。孝文は目を閉じたままで女性の声を反芻《はんすう》する。湖とは風蓮湖《ふうれんこ》のことだろう。根室に入る手前にある大きな汽水湖で、冬は厚く氷が張る。氷に穴を開けるとワカサギが簡単に釣れるため、この時期の日中は人影が絶えることはない賑わいだが、時折氷の薄いところを踏み抜いて命を落とす者も出る。またその手の事故か、気の毒に、と孝文は思った。

「なに、氷割って落ちたって、魚釣りしててかい？」

「そうでなくて、なんでも根室への近道だって道路代わりに走ったみたいでさ。しかも調子こいて二輪だと。まだ氷薄いのにねえ」

少し前、馬が主な交通手段に使われていた頃は根室まですぐに行けるため氷上を走って、馬ともども氷の下に落ちてしまう者もいたそうだ。

汽車も道路もそれなりに整備されてきたというのに、わざわざ氷の上を近道しようとしたとは。孝文は半分睡魔に呑《の》まれた頭で考える。余程の酔狂か急いでいたかのどちらかだ。

「死ぬにしても、乗り物ごととはいたましいわ。親にしてみれば本当、馬鹿ったれだべね。外国のでっかいバイクっちゅうたら、高かったんだろに」

孝文は思わず跳ね起きた。バイク。外国製。根室に急ぐ理由のある若者。そして、兼田ミンク製作所で昨日来るはずだった注文主を待つ豪奢《ごうしゃ》なコート。

酔いはいっぺんに覚めた。孝文は気づくと、ストーブの前に座っている女性に詰め寄っていた。

「すいません、さっきの話はっ……」

孝文が自宅に着いた頃には夜も更《ふ》け、満月に近い月が天頂近くまで昇っていた。ただいまを言う相手がいないことも、灯《あか》りがついていない冷えた家もいつも通りなのに、今は何倍も心身にこたえる。

結局、汽車で女達の話を聞いても噂話《うわさばなし》の域を出ず、孝文は駅を出ると圭佑の自宅まで急いで走った。頬を裂きそうなほど冷たい空気も構わず、気ばかりが急《せ》く。

目的地に近づくごとに心で膨れあがる不安は、圭佑の家の前に警察の車が停《と》まっているのを目にして頂点に達した。本来、毎夜誰かしら客が集っては酒盛りをしている家のはずが、外見から分かるほどひっそりと静まり返っていた。

孝文は結局、家に足を踏み入れぬまま自宅へと戻った。灯《あか》りも点《つ》けず流しで水を一杯飲み、暗い部屋でどっかりと座りこむ。目蓋の裏には、兼田で見た立派なコートと、自分に早く嫁を貰うように勧めてくれた圭佑の笑顔がちらついた。

明日、きちんと圭佑の家と兼田の工房に行かなければなるまい。それに、自分には世話をするべきミンク達がいる。良いことであれ悪いことであれ、何が起きても彼らに毎日餌と新鮮な水を与え、健康に気を配ってやらねばならない。

身に染みすぎている現実が、それでも今の孝文にはほんの少し救いのように思われた。

孝文は目蓋を開くと、上着を脱いだ。明日の朝も仕事は早い。着替えようとして、ふと、静まり返った室内に奇妙な違和感を得た。

静かすぎる。空気が澄みきった夜とはいえ、隣のミンク小屋から何の音も聞こえてこない。孝文は家の外へと飛び出した。

外の風景は月光を受け、何もかもが冷たく光っている。本来、ミンク小屋から感じる彼らの動きや檻の軋《きし》みは全く聞こえなかった。

「まさか。まさかだろう」

応える者がいない言葉を発しながら、孝文は小屋のドアに手をかけた。内部はなお静かだ。いつもなら人の気配に気づいたミンクがキイキイと喜んで餌をねだる声がするのに。

渇いた喉と、全身に滲《にじ》み出てきた冷たい汗が一瞬彼の体を止める。望ましいことなど何ひとつない。そんな予感が腹の奥で固まり、しかしそのままにしておける訳もなく、孝文は小屋の戸を開けた。

匂いはした。慣れ親しんだミンクの体臭と糞と餌の魚の匂い。しかし、暗い内部で音が全て死んでいる。

明り取りの窓から月の光が差し込んでいた。照らされた先にある檻の中には何もいない。檻の戸は開け放たれていた。

孝文はひとつひとつ、月明りの下にやけに軽い檻を持ってきては確認をした。どの檻も全て、入り口の金具が外されてミンクは逃げてしまっている。小屋の中に一匹も残ってはいなかった。うまく空気を吸えず、呼吸が喉の奥でひゅうひゅうと嫌な音を出し始める。ふらふらと孝文が小屋の外に出ると、月明りに照らされた足元に、白いミンクのキーホルダーが踏みつけられ、薄汚れた状態で落ちていた。

孝文の暗さに慣れた目が周囲の様子をとらえる。周辺には小さな子どもの足跡と、無数のミンク達の足跡が雪に刻まれ、四方八方に散らばって消えていた。

◯

タクシーは灰色の波が打ち寄せる浜沿いの道を通り、やがて『茨散沼』と書かれた看板まで来た。看板の矢印の通りに舗装されていない道へと入る。道の両側に枯れ葦《あし》と雑木が生える中を一分ほど進むと、前方に林に囲まれた沼が見えた。

「この辺でお願いします」

運転手は男の指示の通り、道の途中で車を停めた。後部座席を振り返り、男が金をトレイに置くのを確認する。しかし、後部座席のドアは開かない。

「あの、ドアを」

戸惑った声を上げる男に、運転手は金を仕舞いながら口を開いた。

「帰りはどうされるんですか」

一瞬、男は口ごもった。取ってつけたような嘘を言われる前に、運転手が先んじて言う。

「二時間後ぐらいでいいですか。またここに迎えに来ますんで」

「いや、それは。また来て貰うのは迷惑でしょうし」

「ええ。中途半端な時間だから空港戻る訳にもいかないし、この辺で客拾って時間潰せる訳でもないしで、どっか浜の空き地にでも車停めて寝て待つしかないでしょうね」

運転手の容赦ない物言いにあっけにとられつつ、男は「でしたらやっぱり」と反論を試みる。それを聞かずに、運転手は続けた。

「だから、少しでも迷惑かけてと思われるんでしたら、二時間後には絶対に、必ず、ここに戻ってきて下さいよ。でないと私、もっと困りますんで」

断固とした口調に、男は口を開き、何も言わないまま閉じた。そして、深々と運転手に頭を下げた。

「分かりました。よろしくお願いします」

とどめに運転手に腕時計を渡され、二時間後ですよと念押しされて、ようやく男は後部ドアを開けて貰えた。ボストンバッグは車内に残したままだった。

男は枯れた下草を踏み分けて、沼をぐるりと囲む森の中を進んだ。かつて通り慣れた道も新たに若い木が生えていて、勘を頼りに進むしかない。

沼を半周してようやく、目の前の景色と記憶の光景が一致をみた。他より木が若いのか、やや細いナラの木が生える森の中で、建物の残骸がかろうじて残っていた。崩れ落ち、半分は地に埋まるようにしてひっそりと佇《たたず》むコンクリートの残骸は、家畜飼料用のサイロだった。

かつて自分と家族とが細々と牛を飼っていた小さな名残。サイロには草を運び込んだきつい手伝いの記憶しかないが、それでも男の埋もれた記憶を揺り起こすには十分だった。掘立小屋のようだった住居はもはや完全に風化して跡形もない。そのサイロだけが、かつて確かに自分達がここで生活していたという証明のように残っていた。

男は周囲をさらに見渡し、記憶を頼りに沼の畔《ほとり》を歩いた。子どもの時分と今の距離感覚の違いを差し引いて探したが、目途《めど》をつけた場所にあの頃姉と共に通った青年の住処《すみか》はなく、ミンク達が入っていた檻の残骸も勿論見つかりはしなかった。

「ごめんなさい」

歩き回りながら、修平はいつしか泣いていた。涙と鼻水を垂れ流し、ただ「ごめんなさい、すみません、ごめんなさい」と謝罪の言葉を繰り返す。言葉の空疎さに自ら呆れ果てて、それでも止めず、ひたすら自分が逐電させるに至った青年の名残を探し求めた。

あの日。自分は姉の久美子と共に、青年の留守を狙ってミンク小屋に忍び込み、全てのミンクを外へと逃がした。絶対正しいと信じて実行した。後悔はなかった。祖母の意見をそのまま受け入れ、毛皮のために畜生を飼うなど非道だ、あの男は実はろくでなしだ、と信じて疑わなかった。

「これは二人だけの内緒だよ」

当時、姉に言われた言葉が脳裏に蘇《よみがえ》る。正しいことをしたはずなのに、どうしてか拭えない罪悪感は二人にこの誓いを固く守らせた。

姉弟はひと冬の間、腹にもやもやしたものを抱えたまま過ごした。春になってようやく、修平だけが意を決してミンク小屋へと足を向けたが、そこには空の檻と無人の小屋しか残っていなかった。雪がとけてぬかるんだ泥には足跡の名残ひとつ見つからない。

青年は誰にも知られぬまま、住処から姿を消していた。両親や大人たちはその行方を訝《いぶか》しんだが、いつしか話題にも上らなくなり人々の記憶から薄れていった。

しかし、自分達がしでかしたことの重みは、修平が成長するにつれて次第に大きく腹へと溜《た》まっていった。

日々を丁寧に、信念を持って生きていた人を裏切ったこと。その誇りを奪うに至ったこと。あの獣達を放った行為は後に、外来生物を野に放つという贖《あがな》いきれない愚行であると知ったこと。全てが自分を責めたてた。

ミンクの養殖業も時代の流れの中で携わる者が減っていき、根室の大きな業者もバブルの終わり頃にはその名を聞かなくなった。

青年がもしあのままミンクを飼い続けていたら、今頃どう生きているか。修平には想像しようもない。青年がこの地を離れた後、もともと小規模農家だった自分の家は規模拡大の波に乗り切れず、じきに破綻をみた。家族で町に移り住んですぐ、祖母は恨み言を毎日口にしながら衰え死んだ。両親も細々と暮らしを続け、骨を埋《うず》めていった。

姉はあのことは何も覚えていないふうで、早々に嫁いで平凡な暮らしを営んでいたが、先だって急な病に冒され、離れて孤独に暮らしていた修平を枕元に呼んだ。

「あれは、しくじった。お前とあたし、絶対やっちゃいけないことだったよ」

姉はその後明確に言葉を発することもないまま旅立ち、真意は今も修平には分からない。懺悔《ざんげ》とも呼べる言葉を、修平は遺言と見なした。

そして修平はここを訪れた。ほとんど何もない野っ原へ、悲しみしか自分の中に湧き起こらないことを知りながら、ここに来た。来たこと自体に後悔はないが、そのぶん遠い過去の罪が自分の中で激しく渦を巻く。

修平は乾いた草の上に腰をおろすと、しばらくじっと膝を抱えていた。そよぐ風が耳の先に冷たい。ふと、カサカサと草をかき分ける音に頭を上げた。

息を呑んだ。ほんの、手を伸ばせば届きそうな近さで、胴体が細長い黒い獣がこちらを見上げている。

「お前」

声になるかならないか、小さく空気を吐きながら、修平の目はその生き物に釘づけになる。

「生きてたのか」

答えないまま、濡《ぬ》れた黒い体毛を光らせて、獣はするりと氷の割れ目に入っていった。

ぽちゃん、という音が小さく響き、男が見守る間に再び姿を見せることはなかった。

エッセイ

あったまきちゃう！／札幌冬の陣

北大路公子

あったまきちゃう！

十一月一日

遂にきてしまった。一年でもっとも嫌いな十一月が。気温がどんどん下がり、日はどんどん短くなり、雪が降ったりとけたり積もったりまたとけたりを繰り返しながら、最終的には確実に物みな凍る冬に突入するという、もう絶望、絶望しかない月である十一月が。昔、「十一月とチーズとトマトとみのもんたとキティが嫌い」と原稿に書いたら「触れると火傷《やけど》しそうなものが二つあります」と言われたことがあるけれども、まあその話はいいけれども、今、訴えたいのはその十一月の辛気臭さに比べての六月の素晴らしさ！　明るく美しく花みな開く北国の六月！　あちこちで言っていることですが、私が独裁者になった暁には十一月を廃止して六月を二回設置します！　十一月さえなければ真冬はあってもいいのか、大嫌いな雪かきはどうするのか、という問題に関しましては、「独裁者は自分で雪かきしない」をもって回答としたいと思います！

十一月二日

前にシャンプーで同じことをやった時に、二度とこんな過ちは繰り返さないようにしようと心に誓ったのだが、私一人が心に誓ってもダメだった。買い物を頼んだ母親にも誓ってもらわねばならなかった。と、おのれの詰めの甘さを反省しつつ、よく行く居酒屋のトイレの芳香剤と同じ香りの柔軟剤で洗われた服を着て一日過ごす。動くたびにトイレの光景（和式）がまぶたに浮かぶのだった。

十一月三日

朝の天気予報で「今日はこの後、時間が経《た》てば経つほど気温が下がります」とわけのわからないことを言われる。何だそれは。小学生の頃「一日でもっとも気温が高いのはいつですか」という問いに「朝」と答えて×をもらった私の立場はどうしてくれる。納得がいかないので予報は一切信用しないことにした。そもそも大嫌いな冬を阻止するためには、十一月に背中を見せてはならぬのだ。ちょっとでも弱気になると、やつらは一気につけあがる。今の段階で圧倒的な力を示す必要がある。
そこで挑発の意味も込めて夕方から飲みに出ることに。が、最初の店に向かう時にはまったく平気だった寒さが二軒目へ移動する際には強烈なものとなっており、あまつさえ雪まで降り始めて、もしやこれは私に対する十一月からの挑戦状なのか、力ずくでねじ伏せようとしているのか、しかしそうはいくか、私とておめおめと冬を認めるわけにはいかないのだ、いかないのだが、あ、でもちょちょちょっと待ってこれもも猛烈に寒いんですけどなになになにうわあごごごめんなさ……と謝りかけたあたりで暖房のがんがん効いているお店に到着したので、私の勝ち。

十一月四日

自動車整備工場でタイヤとワイパーの交換をしたら、帰り際に社長さんからぶどうとカボチャをもらう。ぶどうは自家栽培の無農薬で、カボチャはなんとかのなんとかいう珍しい品種で幻のなんとかだそうだ。全然覚えられなかったけれどありがとうございます。思えば彼は春にはアスパラ、秋には長芋を毎年わざわざ届けてくれる。しかも車検代の請求の時などはなぜか申し訳なさそうな口ぶりで声も小さいのだが、一度父の田舎《いなか》から送られてきたキャベツをお裾分けした時は「わあ！　こんな珍しいものを！」ととても喜んでくれた。キャベツなのに。もしかするとものすごく上手に人間に化けちゃった狸《たぬき》かなにかで、引っ込みがつかなくなって人間界に住み着くことにしたものの、貨幣経済になかなか馴染《なじ》めず、ついつい野菜や果物により強く反応してしまうのかもしれない……などと罰当たりなことを考えつつ帰宅。狸の社長さんはタイヤ交換代もおまけしてくれた。

十一月六日

夜、廊下でばったり会った父があまりに挙動不審だったため追及したところ、台所にあった菓子パンとどら焼きをこっそり部屋に持ち込もうとしていたことが判明。医者からも控えるように言われているお菓子の食べ過ぎを指摘するたび「俺なんか最近ぜんぜん食べてないからね！」とキレていた父の嘘《うそ》がまた発覚したわけだが、それにしても顔を見ただけでビクッと肩を震わせ、声をかけると手にしたお菓子を慌てて背中に隠す、今どき小学生でももっとうまくやるんじゃないかという誤魔化し方はいかがなものか。本気でそれでいけると思ったのか。

十一月七日

十一月に聞こえないようこっそり言いますが、まるで夏の妖精のように薄着で頑張っていたコープのお兄さんが長袖着てました。何卒《なにとぞ》ご内聞に。

十一月八日

この時期恒例「ドキッ！　道産子《どさんこ》だらけの芋煮会！　ポロリはないよ、寒いから！」を友人宅で開催。数年前、山形の芋煮文化に憧れた道産子数名によって始まったこの会も、今年で（たぶん）四回目（くらい）。おかげさまで年々参加者が増え……と言いたいが、そんなことは一切なく、最近は同一メンバーによる老化報告会の様相を呈しつつある。しかも問題が一つあって、それは誰も本場の芋煮を知らないこと。お取り寄せの芋煮セットをレシピどおりに行儀よく作った初回以外は、きりたんぽをはじめ様々な食材を投入する独自路線を突っ走った結果、それを知った山形の友人の「ジンギスカンに妙なものを投入したらどう思う？」との言葉にはっと我に返って今年は基本に戻ることにした。基本の芋煮はとても美味《おい》しかったが、途中、参加者の一人が発した「ジンギスカンに豆腐までなら許せる」発言には一同騒然。四対一で却下されるも、人の味覚の奥深さを垣間見る。

十一月十三日

八月の「奥尻島《おくしりとう》ウニの旅・年寄りの冷水編」で、酒と暑さでへろへろになって防波堤から落ち、鎖骨二ヶ所と肋骨《ろっこつ》六本を折ったイワモっちの快気祝い。猛暑だったあの日から三ヶ月余りが経った今日、外はしんしんと雪が降っている。時の流れの早さに驚きつつ、皆でイワモっちの生還を寿《ことほ》ぐ。イワモっちは飲酒も復活、というか退院前、函館《はこだて》から札幌《さっぽろ》へ転院する列車の中で既に缶ビールを飲んでいたらしい。今日も誰よりも愉快に酒を飲み、散会後は店の前で小さな雪だるまを作ってはしゃいだあげく、「もう一軒行きまーす」とあり得ないほどの薄着で雪の街へ消えて行った。たぶん全然懲りていない。

ちなみにこの会でもっとも心に残ったのは糖質制限ダイエットで十三キロ痩せたというTさんの話。だが、改めて思い出すと羨ましさが憎しみに変わりそうなので、ここには書かないことにする。だって十三キロよ、十三キロ！　憎い！(あ、変わっちゃった)

十一月十五日

車のフロントガラスに積もった雪を除《よ》けようとしただけで突き指してしまう。親指の付け根でぐしゃっという嫌な音がしてしばらく悶絶《もんぜつ》。長年雪国に住み、長年車に乗っているが、こんなことは初めてで、いよいよ雪除けにもウォーミングアップの必要な歳《とし》になったかと暗い気持ちになる。暗い気持ちのまま、夜はテレビでテニス観戦。錦織《にしこり》対ジョコビッチの試合も目が離せないが、時々映る観客席の二人も気になる。どこかで会ったっけなあと思っていたら、マイケル・チャンとボリス・ベッカーだった。なんだか立派なおっちゃんである。彼らの現役時代の画像を検索し、「そりゃこの人たちがこうなるんだから、私だって突き指くらいするよな」と安心する。いくつになっても人に希望を与えるスーパースターは素晴らしい。

十一月十九日

朝から病院へ。長い待ち時間にうんざりしていると、受付中の母親のスカートの裾をぎゅっと握った小さな女の子が、その場でくるくると踊りだすのが見えた。かわいらしい仕草はたちまち待合室中の注目を集め、そこにいた皆を笑顔にしたと思ったのも束《つか》の間《ま》、彼女の振り上げた手によってお母さんのスカートの中身が丸見えになる事態が発生。その場を一瞬にして凍りつかせることとなったのだった。いいもの（女の子のダンス）を見たような、見てはいけないもの（お母さんのスカートの中身）を見たような複雑な気持ちで私も下を向く。

十一月二十一日

向井理《おさむ》の結婚報道にショックを受ける母にショックを受ける。

十一月二十三日

夜の九時頃、父の部屋からしきりに咳《せ》き込む声が聞こえてドキッとする。高齢で喘息《ぜんそく》持ちの父にこの時期に風邪をひかれると非常に厄介なことになりかねない。一瞬のうちに様々な考えが浮かぶ。今日はまだお酒を飲んでいないから、車で夜間診療に連れて行くべきか、それとも明日まで待つべきか、いやダメだ明日は振替休日だからやはり今のうちに、というかさっきまで何でもなかったのにどうして急に、風邪気味なのを黙っていたのか、あるいは突然具合が悪くなったのか、もしかすると風邪ではなくなにか別の……というあたりで天啓のように一つの答えが閃《ひらめ》いた。

「部屋でこっそり食べたお菓子にむせている」

これがあなた大正解！　私、天才！　あったまきちゃう！

十一月二十六日

リオデジャネイロ五輪のマスコットが発表される。どんなだろうと期待に胸膨らませるも、これが案外ふつうで物足りない。あの「かわいい」という概念すら問い直したくなったソチ五輪のマスコットが恋しくなっている自分に気づいて唖然《あぜん》とする。もしやクマをわざわざ三白眼にしたうえに眉毛を描くロシア人の感性が、幼い頃、あらゆるぬいぐるみに油性マジックで眉毛を描いた自分と通じるところがあるのだろうか。ちょっと怖い。

十一月二十七日

「年賀状に子供の写真だけを載せるのはアリかナシか」という風物詩的論争が、ネットを賑《にぎ》わせる季節。それぞれの熱い主張を眺めながら、今年担当編集者さんからもらった一枚の年賀状を思い出す。小さなお嬢さん二人の写真の横には、「原稿が来なければこの子たちが路頭に……」の文字。まああれだ、年賀の挨拶がどうこうと揉《も》めているうちはまだまだ素人であり、私くらいになると、既に年賀状だか脅迫状だかわからなくなっているのだ。君たちも早くここまで上ってくるように、とそっとエールを送る。

十一月二十八日

本州の人たちが「そろそろ降ってくる季節」と言っていたので雪かと思ったら落ち葉だって！　おっくれてるー！

札幌冬の陣

十二月一日

バタバタしている。世の中には「年末進行」というものがあって、すっきりゆったりお正月を迎えるために年末はスケジュール前倒しで働こうぜ、というシステムになっているせいだ。なるほどと思うが、誰が考えたんだそれ、とも思う。なぜ働く方にいく。いっそ一月は全雑誌お正月休刊にすればいいじゃないか、私は賛成するよ、誰も同意してくれなさそうだけど……と強気になったり弱気になったりしながら仕事。そういえば週刊誌にエッセイを連載していた時、年末だったかお盆だったかの特別進行で二本いっぺんに原稿を渡したのだが、戻ってきたゲラは掲載順が逆。驚いて担当編集者だったM

っちに連絡すると、「すみませんでしたー！　でも私、いま成田にいるんで、もう何もできません―。フランスに行くんですー」と言われたことがある。彼女だったらお正月休刊に同意してくれると思う。明日は猛吹雪の予報。

十二月二日

昨夜から口の中には血豆が、両手の甲には青あざができている。心当たりはなく、昨日も一昨日《おととい》も飲みに出ていないが、とりあえず酒の飲み過ぎということで自分を納得させた。今後はあらゆる身体《からだ》の不具合を「飲み過ぎ」と「老化」で乗り切っていく所存。よぼよぼと仕事に励む。

猛吹雪の予報は当たらなかった。ごく普通の雪。今年は冬に対する新たな試みとして、「私が雪を止めてみせる！」とあちこちで声に出して宣言しているのだが、もしかしたらその効果が出つつあるのかもしれない。

十二月三日

そんなことをしている場合では全然ないのに、気がついたら二時間ほど昼寝をしてしまう。目覚めた時は軽いパニックに襲われ「はやぶさ2！　昼寝してて、はやぶさ2の打ち上げ見逃しちゃった！」と母親に報告までしたものの、慌てるべきはそこではないだろう。仕事どうした。

十二月四日

仕事中、「せっかく厚揚げを炙《あぶ》ったのに、生姜《しょうが》すり下ろすの忘れてた！」という衝撃で目が覚めた。どうやら知らず知らずのうちにまた寝ていたらしい。疲れているのか。自覚はないが、降雪を止めることに体力を奪われているのかもしれない。

十二月五日

とうとう冬将軍に私の存在を知られてしまったのか、朝から天気予報が「大雪」「吹雪」「かなりの積雪」などと強気で攻めてくる。挑発なのだろう。長年冬の覇権を握ってきた冬将軍勢が、遂に本気になったのだ。事態は一気に全面対決の様相を呈してきた。しかし今の私には勝利の予感しかない。なぜならば、見よ。頭上に広がる青空を。まぶしくきらめく太陽の光を。なんかすんごくいい天気よ。すると、敵もさすがに焦りを覚えたとみえ、時間とともに「午後から本格的に」「夜には大荒れ」などと姑息《こそく》な修正を加えてくるようになった。が、それも所詮は悪あがきにすぎない。結局、ぴかぴかの月に見守られながら勝利の美酒に酔いしれるべく忘年会へ。

忘年会ではリオさんが自宅で漬けたニシン漬けを配ってくれた。彼女が鞄《かばん》から漬物を取り出すやいなや、「漬物もらえると聞いて！」とジップロックを颯爽《さっそう》と掲げたまさきとしかさんは、その準備のよさを皆に讃《たた》えられたのも束の間、それが自分の分だけであるという事実により一転、糾弾の的に。世間の評価の容赦なさに震える。

帰りも雪はなし。しかし風は冷たく、なぜかタクシー二台に乗車拒否され、やっと乗せてくれた運転手さんは「とても便利なタクシーカード」を勧めるのに夢中になるあまり運転中に後ろを振り向くタイプの人で、おまけに家に着いたらストーブが消えていた。マイナス四度。散々な目にあったが、雪は降っていないので私の勝ち。

十二月六日

明日も大雪予報。私が止めてみせる。

十二月七日

やはり大雪にはならず。私は本当に神通力を手に入れたのかもしれない。来月になったら「お願いです。雪まつりのために雪を降らせてください」と市長が頭を下げにくるに違いない。その時はこう言うのだ。

「おほほほほ。札幌市指定のゴミ袋の値段を下げたら考えてもよくってよ」

あれ、たけーんだよ。

夜は十一歳になった姪《めい》の誕生会。例年通りどうぶつしょうぎとオセロで勝負を挑まれ、例年通り返り討ちに。ただしそう簡単には勝てなくなってきたので、そろそろ負けた時の身の処し方を考えておかねばと思う。山口百恵のように、どうぶつしょうぎの「ひよこ」をそっとステージに置いて去るとか。ひよこ、一番かわいいから。

十二月九日

夕方、三十分ほど雪かき。ゴミ袋の件が敵の危機感を煽《あお》ったのか。

十二月十二日

コープの注文票がお正月仕様になっている。仕事がまったく納まる気配もないのにお正月もないもんだと思いつつ、里芋を注文すれば里芋の、みかんを注文すればみかんの思い出話を繰り出してくる母親とともに申し込みを終える。人の中にはどれほどの思い出が眠っているのだろう。ちなみに私の一番好きな母の年の瀬エピソードは、「若い頃、大晦日《おおみそか》に玄関の戸を拭き掃除していたら、子供の手を引いた見知らぬ女の人がやってきて『あんた○○(母の名前)でしょ? うちの亭主返してよ!』と言われた」話。もちろん濡《ぬ》れ衣《ぎぬ》だが、「それまで『このアル中どっか行け』といつも思っていた兄貴の対応が頼もしかった」という伯父への感想も含めて何度聞いても飽きない。私もそういう思い出がほしい。父の「狐《きつね》に化かされている最中の人を見たことがある」話と合わせて五千円で売ってくれないものか。いや、前に書いたアロンアルファの話も入れて、一万円までなら出す。

夜通し仕事。実業之日本社C嬢もたまたま会社で独り徹夜中で、テンションが高いんだか低いんだかわからないメールをぼそぼそやりとりする。深夜、突然PCの電源が落ちたらしく「絶対誰かいるね！」と言い出すC嬢。

十二月十三日

徹夜明け、朝の八時から築地へ行ったC嬢から朝酒の写真が続々と送られてきた。私は夕方から牡蠣《かき》の会。お礼といってはなんだがぷりぷりの生牡蠣の写真をC嬢に……と思うも、どうしてもグロテスクに写ってしまう。素直に「グロいです」と添えて送信すると、「牡蠣のエロいエロくないがわかりません。えへ」という無垢《むく》な少女を装った返信があったが、グロいをエロいと読み違えるその心がなによりエロいです。

その牡蠣の会ではちょっと休憩のつもりで二時間ほど爆睡。起きたら帰る時間になっていた。悲しい。寝ている間に大人たちが何かとてつもなく面白いテレビを観《み》ているのでは？　と疑心暗鬼になった子供時代を思い出す。

十二月十五日

朝、一時間ほど雪かき。仕事にかまけているうちに雪が勢力を巻き返しつつある。おまけに明日の夜から「数年に一度」の冬の嵐がやってくるらしい。食料を買い溜《だ》めし、不要な外出は避けるようにとしきりに呼びかけている。私に止められるだろうか。

十二月十六日

雪は降ったものの、夜になってもさほど荒れる気配はなし。しかし市は私の力を信用せず、小中学校の明日の休校を決めた。

十二月十七日

大荒れどころか冬には珍しいくらいの穏やかな天気。風もなく、学校が休みになった小学生が雪遊びをしている。暴風雪は今夜にずれ込むそうだ。

十二月十八日

ずれ込まなかった。今朝もいい天気である。どう見ても私の完全勝利だ。それなのに朝の天気予報では「この後雪が強く降る」「夜から降る」などと、未《いま》だ言い続けている。冬将軍と私の対決に巻き込まれた気象台には気の毒だが、「もういいんだよ」と肩を叩《たた》いて慰めたい気分。だいいち買い溜めした食料だっていい加減食べ尽くしている頃だろう。本当に自分の力が怖い。

十二月十九日

お気づきだろうか。仕事が忙しいと、天気のことくらいしか日記に書けないことに。それもこれも年末進行が悪い。

十二月二十二日

三シーズン目を迎えた雪かき用の長靴がそろそろ限界のようで、除雪中に二度ほど転ぶ。冷たい雪の上に横たわりながら、ふいに「ムーミンだって冬眠するというのに……」と悲しくなる。ムーミンの冬眠。とっさのことなのに韻を踏んでいる。

十二月二十六日

新しい長靴を買ったので、張り切って雪かきに励む。ご近所さんに「新しい靴は滑らないですよー」とさんざん自慢して家に帰ってから、値札が付いたままだったことに気づく。ものすごく安い靴だったことがバレてしまった。

十二月二十七日

仕事が納まらない中、逃げるようにして忘年会へ行き、そこで「入店してから一時間経ってもお通しを含めた食べ物がひとつも出てこない」刑を受ける。飲み物だけで一時間待ち。さすがにこれは……と店員さんに苦情を入れかけた時、仕事で遅くなったKさんが登場。彼女が席に着き「私が合流するまで誰も旨《うま》いものを食べてませんように！」と呪いをかけていたんだよねー」と発言した直後から、続々と食べ物が運ばれてきた。なんという実力者か。冬将軍と闘う私を含め、市井の超能力者が社会を動かしているのではないか。

十二月三十日

ようやく仕事が納まり、お正月の買い物に出かける。餅を十二キロ買い「たくさんですねえ」とお店の人に言われて「こんなの俺が本気出せば三が日で食べつくす！」と意味不明な虚勢を張る父と、「お正月用の花は今年は要らない気がする」とこれまた意味不明な主張をすることで花器を割ってしまった事実を隠蔽しようとする母。両親を連れて買い物に出たつもりだったが、小学生を引率していたのかもしれない。

十二月三十一日

大掃除などしていないが、年寄が餅詰まらせて死んだりしなきゃそれで十分なお正月だと開き直って年越し。毎年新しい発見がある紅白歌合戦では、今年「ももクロ」とやらが男女の二人組じゃないことを知った。桃色が女の子で黒色が男の子、という旧態依然とした固定観念を覆す意味で敢《あ》えて女の子の方が黒！　とまで考えていたのに、「桃黒」ですらないらしい。知ってた？

＊この原稿を読んだ担当編集者の元祖K嬢に「後半しれっと雪かきしてますけど、結局負けたんですか？」と訊《き》かれました。いやだなあ、市長が頭を下げに来たんですよ（嘘）。

小説

本日開店

桜木紫乃

設楽幹子《したらみきこ》は九階の窓から釧路川《くしろがわ》を見下ろした。昭和の景色を残す駅前通りがシャッター街となって久しい。漁業に活気があって炭鉱が健在だったころは、これほど買い物や娯楽が郊外に散ってゆくことはなかった。湿原を埋め立てた新興住宅街は、土地の値段と競いながら拡張を続けている。見える通りに人影はなかった。

海側に傾きかけた七月の太陽と、陽光をうけて光る川面《かわも》を見たあと遮光カーテンを閉めた。回れ右をすると、ツインルームの真ん中に男が立っている。佐野敏夫《さのとしお》は、幹子の夫が二代目住職を務める「観楽寺」の檀家《だんか》のひとりだ。男は冷蔵庫から缶ビールを取りだし、言った。

「いかがですか」

「佐野さんは、飲まれますか」

「すこし飲まないと」

遠慮がちな瞳は幹子を直接見ることなく泳いでいる。この春に観楽寺の檀家だった父親を亡くした佐野は、五十で家督を継いだ。父親の興した水産会社は、街が漁獲量日本一を誇っていたころに比べると規模こそ半分だが優良企業だ。専務から社長へと肩書きを変え、同時に菩提寺《ぼだいじ》の総代も代替わりとなった。佐野敏夫は観楽寺の新しい檀家総代だ。

幹子は冷蔵庫の上に伏せてあるコップをふたつひっくり返した。粗相があってはいけない。今日は佐野水産に今後も寺の支援を続けてもらえるかどうかという大切な日だ。外気に触れて汗をかいた缶ビールの蓋を開けて、コップに注ぎ入れる。慎重に泡をたてて、ひとつを佐野に渡した。

川岸のビジネスホテルは時間貸しも行っており、最上階の大浴場目当ての客もあるため建物に入ることに抵抗はなかった。ラブホテルではなく川岸のビジネスホテルで、と言いだしたのは佐野だった。

コップのビールを一気に飲み干すと、佐野は二杯目のビールを自ら注ぎ入れ、窓側のベッドの端に腰を下ろした。

「親父《おやじ》からこのことを聞いたとき、正直言うと耳を疑いましたよ。檀家の仕事のひとつがまさか」

佐野はそこからの言葉をのみ込んだ。幹子はコップを持ったまま小さくお辞儀をする。男が言いかけた言葉はわかっている。

住職の女房と関係することだなんて――。

あるいはもっと露骨な言葉だったかもしれない。男が怠《だる》そうに頭を振って訊《たず》ねた。

「お寺にくる前は、何をされていたんでしたっけ」

「看護助手です」

佐野は「あぁ」とさほど答えを必要としていなかった表情でうなずいた。

観楽寺は檀家からのお布施や寄付金でかろうじて生計をたてている。初代住職が亡くなってからの十年間、支えてくれる檀家たちがいなければ夫の西教《さいきょう》ひとりでの寺の存続は難しかった。幹子が檀家たちに時間を提供することを提案したのはほかでもない、目の前で所在なげにビールを飲んでいる男の父親だった。

佐野敏夫は父親から「檀家」と「女」を引き継いで当初はひどく戸惑っていたが、四十九日が過ぎたころに電話をかけてきた。幹子は寺の後ろ盾をひとつ失ったことを思い煩っていたときだったので、佐野が息子に寺との関係を言い残してくれていたことに感謝した。コップのビールを半分飲んで、冷蔵庫の上に置いた。空調設備がしっかりしており、部屋は静かだ。今まで使っていた街なかのラブホテルとは違い、むせかえるような男女のにおいもしない。

幹子はこうした場所を選んだ佐野敏夫を好ましく思った。同時に、いつもどおりの肌色の下着を着けてきたことが気になり始めた。幹子にとって檀家の相手をつとめることは、病人の世話と大きく違わない。色気のかけらもない下着を特別気にしたこともなかったし、「奉仕」の心こそあれ、過ごす時間に期待など持ったこともなかった。

「先代にはとてもお世話になりました。こうしてご縁を続けさせていただくことになり、心から感謝しております」

佐野はひとつため息を吐《つ》いたあとひとこと「まいったなぁ」と漏らした。それでも父親の遺言を守り、幹子と月に一度会うことは了解済みだという。幹子は男が初めての気恥ずかしさと闘っているのだと思い、体ひとつあけた場所に腰を下ろした。

佐野が身を硬くしたのが伝わってくる。

「よろしくお願いいたします」

深いため息のあと、男は立ちあがって上着を脱いだ。

寺を維持してゆくためには檀家の支援が不可欠だ。寺は檀家のものであり、住職や大黒は檀家の先祖を守る者としてそこに住まう。西教の父がここで寺を開くことになったのも、もともとは戦後の同じころに街に流れてきた男たちに請われてのことだった。内地から早くに移ってきた寺はあらゆる行事の格式も高いが、葬祭について学ぶ機会の少なかった戦後の山師たちにはなじまない。いっそごく普通の坊主に寺をひとつ任せたほうがよいといった考えのもとで観楽寺は維持されてきた。

葬儀や供養を簡略化して、葬式当日に四十九日の「繰り上げ法要」を済ませてしまうのも、土地が生んだ価値観だった。結局、簡略化された仏式一切が寺の首を絞めることになった。初代住職が亡くなり、檀家たちも高齢化が進んでいる。

幹子が二十も年の離れた僧侶と結婚したのは、初代につよく請われたこともあるが、なにより幹子自身が親兄弟という身寄りのないまま生きていくことに不安を覚えたことも大きな理由だった。最初で最後の結婚話かもしれないと思った。西教五十歳、幹子三十歳。観楽寺の住職は息子の西教に嫁がきた年の大晦日《おおみそか》、煩悩の鐘百八回目を打ったところで脳の太い血管が切れた。

先代の一周忌を境に、檀家離れが始まった。祥月命日に用のある家が増えてお参り不要の電話が入り、供養の時間がないからと骨堂を引き上げる家も現れた。先祖をないがしろにしたところで、生活に大きな変化がないと判断できるのも仏事の歴史のなさが招いた結果だ。このままでは寺の存続にもかかわると、総代の佐野に相談したのは幹子だった。

「住職が西教さんとなると、頼りないとは言わないが今後はちょっと難しいこともあるだろう。どうだ幹子さん、ここはひとつお寺を助けるつもりでひと肌脱がんか」

佐野の父親は、寺のためだと言った。

「わしらもそうそう暮らし向きがいいわけでもない。ただ寄付をするのでは、なんだか気分の据わりも悪いのよ。親兄弟捨ててきた人間は、ときどきなにを大事にすればいいのかわからんことがある。裸一貫でやってきたしな」

佐野の父親の言葉には幹子をうなずかせるちからがあった。急に父親に死なれて、心の準備もできないまま生家の寺を任された夫が不憫《ふびん》だった。あの日経済的な窮地に立たされて初めて、幹子は看護助手という仕事を辞めて寺の大黒になった理由を見つけた。老人たちの相手をつとめるのは、幹子にとって介護と変わらぬ行為に思えた。

幹子が寺の本堂に戻ったのは午後五時だった。体の内奥に怠い重みが残っている。西教は留守のようだ。また近所の年寄りからなにか相談を持ちかけられているのだろう。嫁の愚痴だったり老後の不安だったり、極楽はあるのかという難題だったり。ちいさな寺の住職ほど忙しくしているのは、それだけ人との繋《つな》がりが寺を維持する大切な条件だからだ。

幹子は布製の手提げ袋から茶封筒を取りだした。中には佐野敏夫から受けとった金が入っている。三万円というのは、関わりを持った檀家筋の四人が決めた額だという。十年間変わらない。街の経済もそうだが死んでしまった佐野の父を始め、残る檀家も幹子自身も年を取った。変わらぬ金額は、彼らが本当に寺を大切に思ってくれている証《あかし》のような気がしている。

南無阿弥陀仏《なむあみだぶつ》――。

　幹子の背丈ほどもあるご本尊に手を合わせる。もとは金色をしていたというご本尊は、あちこち金箔《きんぱく》が剝げているが今日も優しい笑顔だ。台座まで階段を二段上り歩み寄る。幹子は合わせた手に挟んでいた茶封筒を、ご本尊のかかとのあたりに滑らせた。ご奉仕の日はいつもそこに預かった「お布施」を置いておく。それは初めての行為の際に、佐野の父親から言われていたことだった。

「これはご本尊様の足もとに置いておきなさい。幹子さん自らが身を投じて得た浄財だし、ご本尊様が寺のためにお使いになる金だから」

　幹子は本尊を据えた場所から降りて再び手を合わせた。このときいつも頭を巡るのは、中学を卒業するまで世話になった養護施設の風景だった。月にいちど、初代の住職が法話を聞かせてくれた。清い心には美しい魂が宿る、と先代は言った。幹子は自分の容姿が十人並みに届かぬことをずいぶんと幼いころから知っていた。養子にもらわれてゆく子たちは男も女も可愛《かわい》い面立《おもだ》ちをした者が先だった。

　どこからともなく、今回の里親のだした条件はすべて幹子にあてはまるようだと耳打ちされていたことがある。が、最後の最後になって、里親夫婦は隣にいた子と幹子の顔を見比べた。

　幹子は法話が終わったあとの住職に、せめて魂だけでも美しくなりたいと相談をした。住職は「仏様のためにできることを精いっぱいやることだ。容姿は心の美しさとは逆のところにある」と言った。

中学卒業後に看護助手をしていた幹子は、検査入院をした先代住職に再会し、「容姿は心の美しさとは逆のところに」という言葉を思いだした。二十代の終わりにさしかかり、心の美しさを見てもらうまでにどれだけ時間をかければいいのかわからなくなっていた。心より先に体を開くことを覚えたあとは、余計にひとの心の在処《ありか》がわからなくなった。

「年は多少離れるが息子の嫁に」と言ってくれたのが先代住職でなければ、と思う。住職に再会したころも、たちの悪い男に貯金はおろか身ぐるみ剝がされ――それこそなにかの慈悲としか思えないが――あとは働くことしか残っていないときだった。

「ちょっとぼんやりとしたところのある男なんだが、幹子さんならきっと仲良くやってくれるんじゃないかと思ってね。とりあえず、会ってやってくれないかね」

僧侶とはいえ多少でも見てくれを気にするひとであれば後々いいことはないだろうと考え、化粧もリップクリームひとつで出かけた。一重まぶたに薄い眉、かぎ鼻の左横にあるいぼ。頰いっぱいにあばたの痕。断るのなら、さっさと断ってくれという気持ちで設楽西教に会った。

「あなたさえよかったら、よろしくお願いいたします」

拍子抜けするような言葉が耳を通りすぎた。気づけばひととおり、男にはいい思いをせずにきたことを話していた。これでもか、という話を西教は静かに聞いていた。

「西教さん、わたしも自分の姿かたちがどんななのか、わかっているつもりです。ご住職からのお話でなければ、お目にかかることもなかったと思うんです」

これ以上食い下がっても自分がみじめになるだけでは、と思いかけたとき西教が静かな声で言った。

「あなたは、観楽寺《うち》のご本尊様に似ておられる。父もそう申しておりました」

若いうちに妻に先立たれた先代住職と、息子の設楽西教と幹子の三人でご本尊を見上げたとき、「少しも似ていない」と思った。ただ、金箔が剝がれた頰だけは、あばただらけの自分の肌に見えた。

請われてひとの妻になる。たとえそれが貧乏寺の跡継ぎでも、とてもよいことではないかと感じられたのは、自分に「大黒」という肩書きがつくと聞いた日だった。看護師の資格もない、心細いひとり者から脱出できる。ひとまずここから先、自分をだましにやってくる男はいない。ない袖を振ることもない。西教との結婚は、安全で太い幸福への近道に思えた。畳一畳でも居場所ができたことへ、感謝こそすれ不平不満は持たなかった。

西教のひととしてのたたずまいはこれまで出会った男など比べものにならぬほど美しかったが、男としては不能であった。

幹子は早いうちに、この先男に触れられないまま生きてゆくことも「尼になったと思えばよし」という思いにすり替えた。女としての劣等感はかろうじて大黒という立場に守られることになった。

台所の洗《あら》い桶《おけ》に張った水に、間引き大根の葉が浸《つ》けられていた。幹子は大根の葉を刻み、味噌汁《みそしる》用と胡麻《ごま》和《あ》え用、おひたし用に分けた。冷蔵庫にはトマトがある。卵焼きと厚揚げの煮浸しがあれば、大丈夫だろう。

冷たい水に手を浸すと、怠い腰に再び熱が戻ってくる。幹子はトマトを取り落としそうになりながら、佐野の家ではいまどんな景色が広がっているのかを考えた。男には三つ年下の妻と大学生の長男、高校生の長女がいる。トイプードルを飼っていると聞いた。お布施をもらうために会う檀家の生活に思いをはせたのは初めてだった。

佐野は何度も「まいったなぁ」と言った。別れ際に「どうしてこんなことを承知してしまったんだろう」とつぶやいていた。幹子はそれを男が満足していないからととらえたが、ならばほかの檀家のようにお布施ぶんの要求をしてくれればいいのだと思った。次はちゃんとそう伝えよう。だいたいおつとめの代替わりというのが初めての経験だった。「まいったなぁ」が、幹子の容姿についてでなければいいと思いながら、トマトをザルにあげる。

野菜を洗う水の冷たさが肘から二の腕、胸元から腹へと伝わる。冷たさはやがて幹子の中心部に届き、綿の花がはじけるようにポンと開いた。

台所脇の勝手口から、西教が戻ってきた。

「ただいま、幹子さん」

「おかえりなさい、いま夕食の支度をしています。すぐ終わりますから」

時計を見る。毎日、夕食は六時半と決めている。充分間に合いそうだ。西教が好むものは手間のかからないものばかりだった。卵焼きの味だけは、亡くなった彼の母親に近づくために一年ほどかかったけれど、食事についてそれ以外の注文はない。

「裏のお爺《じい》ちゃんが、介護施設に入ることになって、その相談を受けてました。今はなんでもお金なんですねぇ」

「相談だったんですか」

「ええ。自分がそんなところに入って、息子や嫁は世間様からなにも言われないかと、そればかり気にしてるようでした」

「西教さんは、どうお応えになったんですか」

水仕事をする幹子のそばに立った西教は、もう剃《そ》り上げる必要のない禿《は》げあがった頭を掻《か》きながら「どうもこうも」とつぶやいた。

「言って救われてゆく心情というのがありますからねぇ」

幹子はうなずいた。年寄りたちはいつも身内のことを心配する口ぶりで、実に巧妙に不満を相談事に変えてしまう。裏のお爺ちゃんの心配は息子や嫁が世間様からうける非難よりも、不本意な自分の老後にある。

「死ぬまでいいひとでいられる能力は、そのひとに与えられた徳ですもんね」

幹子が先代の言葉をそのまま口にすると、西教の体の向きが台所から部屋のほうへと変わった。幹子は檀家衆が先代と西教を比較するのをさんざん見てきたくせに、と自分の心づかいの足りなさを悔いた。

数秒の沈黙を電話の着信が救ってくれた。西教が受話器を取る。葬儀の依頼のようだ。幹子は急いで折り込みチラシを切って束ねたメモとボールペンを渡した。西教は葬儀社の格安プランの場合に呼ばれることが多かった。西教は、自分に依頼があるときは、戒名も不要の、形式どおり読経をすればいいだけの葬儀だと言っていた。

台所に戻りトマトを切りながら、電話を受ける西教の声を聞いていた。通夜は明日の夜。今夜のうちに法衣《ほうえ》の用意をしておかねばならない。幹子は夕食を作る手をほんの少し速めた。

六時半ちょうどに、静かな食事が始まった。卵焼きの味がいつもより濃い気がした。口に入れた瞬間、昼間のことが脳裏をかすめていった。幹子は不思議な気持ちでその景色を追う。今まで幾度となく檀家衆に開いていた体が、今日を境にひとまわりちいさくなったようだ。

──なぜいつもと同じ下着で出かけてしまったんだろう。

代が替わっても続けさせてもらえるかどうか朝から緊張していたくせに。幹子はそこに気の回らなかった自分を責めた。

「幹子さん、どうしました」

箸を持つ手が止まっていたらしい。西教の目を見ようとしても、少しも視線が持ち上がらない。

「どうしました」

「法衣」とつぶやいたあとは、するりと嘘がこぼれおちた。

「法衣の襟を替え忘れていました。ごめんなさい」

西教は「うん」と言ってトマトに箸をつけた。西教が箸で持ち上げた薄切りのトマトから、醬油《しょうゆ》がしたたっている。今まで、なぜトマトに醬油をかけるのか訊ねたこともなかった。胡麻和えの横にマヨネーズ、味噌汁にはふりかけ、大根の葉のおひたしには山椒がかかっている。どれもこれも西教の嫁になってから見たものばかりだ。ふと、夫が味付けにうるさくないのはこれら薬味なり調味料があるおかげではないかと思った。

その夜幹子は、なかなか寝付くことができなかった。就寝前に針を持ったせいではない。目を瞑《つむ》ると昼間のできごとが全身に戻ってくる。遠慮がちな指先が体に滑り込んでくる。困った──。

寝室にしている六畳の和室に、西教の吐く寝息が積もり始める。どこからともなく黴《かび》や香のしみ込んだ壁のにおいが漂ってくる。いつもは気づく前に眠ってしまうのに、と思った。部屋に満ちてゆく西教の呼気や寺全体にしみついたにおいに包まれながら、眠れないまま朝を迎えてしまう恐怖に捕まった。

佐野が言った「まいったなぁ」がもやもやとした胸からへそのあたりまで落ちてきたのは、日付が変わるころだった。

――まいったなぁ。

幹子もまた佐野と同じく「まいって」いた。今日のできごとは奉仕ではなく快楽だ。身なりも物腰も立派な佐野に、困惑されながらも普通に抱かれた。老人たちの要求どおりにやってきた今までとは違う。今日は「普通の女のように」抱かれたのだった。これは大黒の仕事ではない。

西教がちいさな鼾《いびき》をかきはじめる。佐野の声が遠のいて、幹子の腹の奥に残る記憶が再び熱を帯びていった。今まで四人の檀家の誰にも感じたことのない余韻が、腹の奥に溜《た》まっていた。

翌朝、本堂の清掃をする際に幹子はそっとご本尊のかかとに布を滑らせた。許されている。お布施の入った封筒は消えており、胸に深い安堵《あんど》が落ちてきた。

第三水曜日の午後二時から二時間は、青山文治《あおやまぶんじ》の割り当て日だった。郊外にある昼間のラブホテルは、貧乏寺と似たにおいがする。

青山文治は建設会社の社長だが、ここ数年は商売の規模を縮小維持していた。昔と違い、大型事業は外貨がからんでいるので危なくてしょうがないと、ここ一年は会うたびに同じ話を繰り返している。地方のちいさな土建屋に外貨のからむような仕事の声などかかるはずもないことに、幹子も気づいているが黙って聞いている。

「幹子さんよう、ひでぇ話を聞いてくれるかい」

「はい、なんでしょう」

幹子はベッドの脇に正座して、縁に腰掛けた青山の下穿《したば》きの上から脚のつけ根や中心をさする。一時間こうしていることもあるし、ときどきは直接さする。もう、これだけでいいんだ、と青山は言う。股間をさすりながら彼の、日常の些末《さまつ》なできごとや愚痴につきあう。

「山のほうにあった『ホテルローヤル』って知ってるか」

「ええ、近くにお墓があるところでしたね」

青山はそのホテルが今はもう廃墟《はいきょ》になっていると言った。青山の体から漂ってくる老人のにおいが、廃墟という言葉に妙な現実味を与えていた。

「このあいだ、あそこの大将が死んでしまってよ」

青山の、わずかに芯を取り戻しつつあったものが力を失った。幹子は青山を元気づけようと、下穿きの内側へ指先を滑り込ませる。幹子の手に、間の抜けた欲望の残骸が触れる。

幹子はホテルローヤルと聞いて、西教と結婚する前の、ほとんど一文無しになったころのことを思いだした。

その男は、勤めていた病院が夜間救急当番だった夜に急患で運ばれてきた。虫垂炎だった。手術を終えて退院するころ、病院の外で会う約束をしていた。何度も「好きだ」「愛してる」と言ったくせに、決して幹子を自分の部屋には呼ばなかった。つきあい始めて四か月経《た》ったころ、結婚したいが多額の借金がありこのままでは無理だと泣かれた。幹子の懐には男が立ち往生している借金と同じくらいの残高があった。これを出すからには覚悟を決めなくてはならないと、男の目をのぞき込んだ。男の濡《ぬ》れたまつげが幹子の頰に触れ、なだれ込むように快楽の穴へと引きずり込まれた。

幹子が返済相手に会わせてほしいと言いだしたときから、男のなかではほとんどの脚本ができていたのだろう。男は人目につくところでは会えないひとだからと、湿原を見おろす高台の上に建つホテルローヤルへと幹子を連れて行った。

現金三百万。幹子は覚悟を決めて、有り金をバッグのいちばん下に入れて男の車に乗った。運転席で男は「話し合い次第で、二百万円にしてもらえるかもしれない」と言った。

ホテルローヤルは、一階が車庫で二階が客室になっていた。外観は城のように白い壁にオレンジ色の屋根という派手さだが、一歩部屋へ入ると和室なのか洋室なのかわからない、すべてがどこかから寄せ集めた余り物でできているような、統一感のない建物《ラブホテル》だった。「もう少しで、偉い人がやってくるから」と男が言った。男の言う偉い人の意味がわからない。幹子を抱かずに詫《わ》びを繰り返す唇をさびしく感じ、勧められたビールを飲んだ。壁紙の小花を数えているうちに眠気がさした。記憶があるのはそこまでだった。

目覚めたときには男も金も、部屋からなくなっていた。男に騙《だま》されたことよりも、財布に一泊分の部屋代とタクシー代が残っていたことに動揺した。幹子はアパートまでたどり着けるぎりぎりの金が財布に残っているのを見て、自分が十人並みかそれ以上の容姿を持っていればこの金もなかったろうと思った。そして、そんな容姿があったなら、騙されることもなかったろうにと自分を哀《あわ》れんだ。

被害届を出そうか出すまいか、悩んでいるころに先代の住職と再会したのだった。

青山がおおきくため息をついた。入れ歯から腐敗臭がする。幹子ははっと我に返った。

「そこの社長の、今際《いまわ》の言葉ってのが笑わせるやら泣かせるやらでな」

「なんだったんですか」

「『本日開店』って言って死んだんだよ。いくら馬鹿でも、普通は死ぬとなりゃあれこれとあるだろうさ。けど、あの男は一級品の馬鹿だったんだなぁ。死ぬ間際にカチッと目を開けて『本日開店』って言ったんだ。そのあとぷつっと息が止まった」

青山の呼気が辺りに漂っている。先客の残した臭いや部屋が持つ湿った空気が層をつくっていた。老人の欲望は一瞬芯を持ち、すぐに力を失った。青山はそれで満足したようだった。

ホテルを出たあと、寺から五百メートルほど離れた目立たない通りで、青山が車を停《と》めた。その日幹子が受けとった封筒はふたつだった。わけを訊ねると、青山は後部座席にあった紫色の風呂敷包みを、助手席に座る幹子の膝にのせた。二十センチ四方の、高さも同じくらいありそうな包みだ。

「これ、さっき話したホテルローヤルの」

そこまで言って、青山の視線が幹子からハンドルに移った。

「ご遺骨ですか」

まさかという言葉をのみ込む。封筒のひとつはいつもの「お布施」だという。もうひとつはこの遺骨のために使ってほしいということだった。

「焼き場に行って骨を拾わせてもらったが、ありゃひどかった。誰も箸で渡さないのよ。ゴミを捨てるみたいにばんばん骨壺《こつつぼ》に放るんだ。看取《みと》ったのは元の女房だったが、最後の最後に遺骨は要らないと言いだした」

元の妻はホテルの開業が原因で別れていた。結局骨壺は故人にラブホテルの商売を勧めた青山が持たされることになった。家に持って帰るわけにもいかず、しばらくのあいだ車の中に置かれていたという。

「骨になって行くところがないなんて、あんまりだ。ひどい話だと思わないか」

膝の上の遺骨は、そのままひとの一生の重さであるような気がする。幹子はそっと両手を添えた。青山が包んでくれた金額は寺にとっても救いだったが、金よりなにより西教がそんなさびしい仏を迎えることを断るわけがない。

「わかりました。うちでご供養させていただきます」

遺骨をひきとり、幹子は寺に戻った。通用口からではなく、本堂に面した玄関から入る。いつものようにご本尊のかかとに「お布施」を置いたあと、骨堂に足を向ける。骨堂で風呂敷の結び目を解くと、「田中大吉殿」というメモ用紙がのっていた。戒名ももらっていない仏のようだ。

今際の際に「本日開店」などと言い残したばかりに、誰も引き取り手がいなくなってしまった骨だった。本人もまさか自分がそんな言葉を遺《のこ》して死ぬとは思っていなかっただろう。最後の最後にこんなに軽くなって更に見捨てられた遺骨は、その経緯を聞けばなお軽い。幹子は空いている骨堂のいちばん端の扉を開けて、ひとまずそこへ骨壺を入れた。

本堂の引き戸が開く音がしてすぐに西教が現れた。

「どうしました」

うまく微笑《ほほえ》むことができない。預かりうけた遺骨が、青山から頼まれたものであることを伝えなくてはならないのに、どこから説明すればいいのかわからない。西教は訊ねるでも探るでもなく、いつもの微笑みを浮かべ幹子の前に立っていた。

「お骨を、預かったんです」

「どなたのご遺骨ですか」

「お寺の前で、檀家の青山さんから」

ほとんど答えになっていない。西教はうなずきながら幹子の説明を聞いている。いくら言葉を尽くしても、隠さねばならないことが多すぎて巧く伝えられる気がしなかった。寺の前までの時間について事実を伏せながら説明を続けるには、まだまだ言葉が足りない。

すぐに西教を呼ばなかったことや、寺の前でばったり青山に会ったこと、住職に挨拶もせずに骨壺だけ置いていったことなど、つじつまが合わなくてもこれが今の精いっぱいだ。西教の額には深い皺が彫られ、傾けた首にもうなずく頰にも慈悲深い気配が漂っている。

「お時間がないと仰《おつしや》るので勝手に預かってしまいましたけど、うちでご供養するのがいいんじゃないかと思ったものだから。勝手なことをしてすみません」

「いや、そのとおりですよ。幹子さんの言うとおりだ。骨堂はもっと本堂に近いところのほうがいいんじゃないですか。いっぱい空いてるんだから、そんな隅っこじゃなく少しでも居心地のいいお参りのしやすいところに置いて差し上げてください」

幹子は夫の言うとおり、田中大吉の遺骨をいちばん本堂に近い場所へと移した。幹子が棚を清めているあいだに、西教が灯明や香の準備をする。ひとがやっとすれ違えるくらいの細い通路の、両面にずらりと骨堂が並んでいた。先代がいたころはすべて埋まっていたが、今は半分ほどになっている。遺骨の大半は年に一度のお参りがあるかないかだ。

薄い鉄製の扉に冷やされた骨堂は、寺の中でもっとも湿った空気が漂っている。田中大吉の遺骨は、幹子が預かりうけてから一時間ほどで供養を終えた。青山から受けとった封筒のひとつを、骨壺の隣に置いた。読経のあと西教が封筒を手に取ったのを見て、幹子は手を合わせて一礼した。

八月に入ってすぐの晴れた日だった。

一か月が経ち、再び佐野の順番がやってきた。お盆を前にして、観楽寺も檀家衆もそれぞれ忙しくなってきている。みな盆休みを取るために普段の倍働く。墓苑《ぼえん》での予約も入り始めていた。

佐野が待ち合わせに指定したのは、このたびも歓楽街に近い川岸のビジネスホテルだった。今日はスーパーの片隅にある格安衣料品店で買った、黒いブラジャーとショーツを着けている。それだけで心構えができたような気がしていた。

幹子の耳の奥にはまだ「まいったなぁ」という言葉が澱《おり》になって沈んでいる。一か月で忘れられるような言葉でもなかった。幹子はストッパーで止められたドアを押して、指定された部屋に入った。佐野はシャワー後のガウン姿で待っていた。室内は午後の日差しが入り込んで、幹子が気後れするほど明るい。

「こんにちは、よろしくお願いいたします」手を合わせて挨拶をする。

ビジネスホテルのツインルームは、ふたりがここにいる目的を薄めてくれる。そのぶん太陽がまだ高い位置にあることが後ろめたくもあった。明るすぎる。幹子がいくら眉を整えて口紅を塗ったところで、姿かたちがひとより劣っていることは男のほうがずっと冷静な目で見ているだろう。六十や七十、それ以上の檀家衆ならば若いというだけで割り引いてもらえた容姿も、年齢差が十歳程度ではメッキのひと塗りもなく露《あら》わになっているに違いない。

ビールはいいのかと訊ねた。佐野は夕方から別の仕事先に行かねばならぬという。

「車で来てるんですよ。野暮なことですみませんね」

「いいえ、お忙しいなかありがとうございます」

頭を下げれば、そこから先は奉仕の時間だ。心を動かさず、佐野に言われたとおりに動けばいい。誤算は、幹子がシャワーから戻ったあと男がすでにベッドに入っていたことでも、部屋が思ったより明るかったことでもなかった。

先月は女に不慣れな気配を漂わせていた佐野だったが、このたびは――これが本来の彼なのではという邪推を許すほどに――易々《やすやす》と幹子を抱いた。

「ここ、だいじょうぶですか。嫌なら言ってください」

「かまいません、どうぞ」

佐野の言葉と腕に開かれてゆく体が疎ましい。これが奉仕などではないことに、嫌でも気づかねばならない。

十年も老人たちのかすれた煩悩とつきあってきた幹子にとって、佐野の冷静さはとりわけ恐ろしかった。そのくせ受け入れた部分に力が入ると、彼の動きが止まる。佐野の快楽に多少でも火がついたことがわかったあと、幹子は意識的に腰に力を入れた。

ことの終わりにはもう、幹子の脳裏から「まいったなぁ」のひとことが消えていた。

身繕いを整えたあと、佐野は上着のポケットから「お布施」と表書きされた封筒を出した。唇の片方がわずかに上がっている。

「どうぞ」

前回よりもぞんざいな仕草だ。幹子の心にあった水面《みなも》が、それまで一定だった水位を失い波立ち始めた。急に、慈悲深い西教のまなざしを思いだした。左右に揺れて、一回転。幹子も一緒にぐるりと回る。

「お寺も、いろいろと大変だって聞いています。こういうのもどうかと思うけど、長いこと続いてきた慣習なら、仕方ないでしょう」

幹子は男の歪《ゆが》んだ口元を見ていた。感情などどこにもなさそうな、不思議な音が続いている。こんな顔をいつか見たことがあった。記憶の底に訊ねてみる。ホテルローヤルから姿を消した、あの男の笑い顔に似ていた。どんなことも愛のせいにできる顔だ。

「来月ここにくるのは、もしかしたら僕じゃあないかもしれない。でも、お布施は僕がだします。うちにもお得意先ってのがあるんです。親父は個人的に支援していたかもしれないが、代が替わっては使途不明金も捻出しづらいんだ。僕は僕の方法であなたを支援しますよ」

佐野はつまり、お布施を接待費として計上するので相手が変わることもある、と言うのだった。幹子はうなずく術《すべ》もなく彼の肩越しにある窓を見ていた。日暮れに近づいて、川縁《かわべり》の景色は朱色がかっている。

「じゃあ、そういうことでよろしくお願いします」

男が去ったあとの部屋に、香のにおいが漂っていた。幹子はようやく、そのにおいが自分から放たれていることに気づいた。佐野が幹子の移り香を取るためにホテルの廊下でスーツを叩《たた》いているところを想像する。

幹子の胸に、毎月違う快楽が訪れる期待と、暗い草地に向かってたたずんでいるような不安が交互に押し寄せた。

翌朝、本堂の清掃をしていた幹子はご本尊のかかとに置かれたままの封筒を見つけた。ささくれたい草が足の裏に刺さる。い草をなだめるように雑巾がけを続けた。

佐野から受けとった「お布施」は、翌日もそのまた翌日もご本尊のかかとに置かれたままだった。西教との暮らしはなにひとつ変化がない。いつもと同じ時刻に起き、食べ、おつとめを果たし眠る。その繰り返しが続いている。

翌月、佐野の割り当てになっている日の朝、幹子は祥月命日の骨堂を開けた。なかには、田中大吉の棚もあった。西教の手によって書かれた俗名の位牌《いはい》。幹子は「本日開店」と言い残して死んだ男の来し方を思った。男の骨も幹子が佐野から受けとった金も、行き場なくここに在る。幹子はやがて自分も、という予感に蓋をした。

——本日開店。

佐野の代わりに、今日は誰がやってくるのか。幹子の扉も開き始めている。

ほかの檀家からの封筒は翌朝消えているのだが、佐野からのものだけはひと月経っても残っていた。西教はもう、檀家の代替わりが幹子にもたらした快楽に気づいているのだ。

受けとることを拒否するひとの心の在処に、気づかぬふりをして通り抜ける。考えても考えても答えの出ない日々を、これからもずっと歩いて行かねばならない。

——本日開店。

道は一本しかない。幹子も動きだす。

ここから先は意識的に、静かに、足音をたてぬよう、そっと。

エッセイ

函館「ラッキーピエロ」のハンバーガー

堂場瞬一

俺たち世代がハンバーガーに接したのは、やはりマクドナルドがきっかけだったと思う。アメリカ発祥のこのチェーン店が日本に上陸したのは、一九七一年。それから数年後に初めて口にしたと思うが、一口食べて「何だか薬臭い」と感じたのを今でもはっきりと覚えている。考えてみると、ピクルスの独特の香りのせいなのだが……その頃は、ピクルス自体、日本では馴染《なじ》みのない食べ物だったはずだ。

——という昔語りを、集英社文庫の担当・I（女性）としていた。同年代なので、仕事の話題以外ではついついこういう昔話に走りがちなのだ（歳《とし》ですねえ）。

「銀座の三越《みつこし》にあったマクドナルドで買ったことがありますよ」とI。

「あ、そこが日本一号店でしょう」

「学生の頃ですけど」

「ということは、できてから十年以上は経《た》ってたわけか」

昔はマクドナルドにもよくお世話になった……しかし、学生時代の大食らいの友人

〈毎朝食パン一斤を食べていた〉は、「あそこで腹一杯になるまで食べたら破産する」といつも愚痴を零《こぼ》していた。

確かに昔は、そんなに安いものではなかった。本当に腹一杯食べるには千円は必要で、貧乏学生の俺たちにはなかなかハードルが高かったのだ。

しかし時代は変わる。マクドナルドの価格も、時代によって大きく変動して、超安売り路線に走ったこともあった。今では「安い食べ物」の感覚が強いですよね。その一方で、「ファスト」でない高級なハンバーガーも完全に市民権を得たと言っていいだろう。

「最近は、グルメバーガーですよねえ」俺は言った。「一度、ああいうハンバーガーを食べると、マクドナルドには戻れないな」

「アメリカだとどうなんですか?」

「アメリカねえ……」

由来には諸説あるが、ハンバーガーは当然、アメリカ生まれの食べ物である。そして本来は、ファストフードではなかった。マクドナルドがチェーン展開を始める前は、家庭でバーベキューをやる時に、レンガ造りの炉でハンバーグとパンを焼き、各々好きな野菜なども挟んで食べるのが普通だったはずだ(本間千枝子《ほんまちえこ》さんの名著『アメリカの食卓』〈文春文庫〉にはこういうくだりが出てきて、いかにも美味《うま》そうだ)。ハンバーグのタネをちゃんと作り、新鮮な野菜などを用意して——となると、意外に時間がかかる料理で、決して「ファスト」ではない。

アメリカにも当然、チェーン店ではないハンバーガーショップがあり、手作りの巨大なハンバーガーを出す。俺も何度もお世話になった。以前マンハッタンで定宿にしていたホテルに入っていた老舗ステーキ屋のランチでも出していた。ブルックリンのカフェでは、オーガニックの野菜を使った意識高い系のハンバーガーも食べた。

ところが、だ。

一度たりとも「美味い」と感じたことがない。本場のハンバーガーはもしかしたら、家庭でやるバーベキューで作らないと美味くならないのかもしれない。

それに対して、日本のハンバーガーの美味いこと……俺が世界一美味いと思うハンバーガー店は、実は自宅の近くにある。この店に通いたいが故に、近くに引っ越した——という側面もないではない。ただし最近、「いかにでかく作るか」という方向にシフトしているので、五十代の胃には苦しい展開なのだが。

「そういえば、函館《はこだて》で強烈なハンバーガーを食べましたよね」Iが記憶を呼び覚ましてくれた。

「ああ」瞬時に思い出す。何というか、あれは本当に不思議なハンバーガーだった。味もさることながら、店内の雰囲気も。思い出すと、いてもたってもいられなくなる。

幸い、Iとまた函館に出張する予定があった。よし、初日のランチはハンバーガーに決定だな。

そのチェーン店の名前は「ラッキーピエロ」という。店のウェブサイトによると、創業は一九八七年。現在、函館市内とその周辺に十七店舗を構えている。函館の街を歩くとすぐに分かるのだが、人口二十六万人もの人が住む街にしては、全国チェーンのファストフード店が少ない。もしかしたら、ラッキーピエロの勢力が強過ぎて入ってこられないのでは……と俺は想像した。

メニューも極めてユニークなのだが、その前に内外装がすごい。「すごい」という言葉をハンバーガー店の形容に使うのもどうかと思うのだが、とにかくすごいのだ（語彙が貧弱だな）。

店によってコンセプトが違うので、チェーン店なのに店舗に統一性がないのもすごい（これで四回目の「すごい」です）。前回訪れた店は、どうやら遊園地をコンセプトにしていたようで、店内にメリーゴーラウンドまであった。天井は高く、折り紙細工のように複雑な形状。壁には巨大な水鳥の絵。身の丈三メートルもありそうなテディベア（名前は「アントン」）を八万円で売っている光景に至っては、もはやシュールとしか言いようがなかった。アントン、売れたのかねえ。

今回は、ベイエリア本店を選んだ。

来てみて、やはりこのチェーンは全てにおいて押し出しが強いと痛感した。ベイエリア本店の外観でまず目立つのは、巨大なピエロの看板である。建物は二階までしかないのに、看板の高さは三階相当だ。ハンバーガーを摑《つか》んだ巨大なピエロというデザインも、露骨過ぎるほど過剰である。威圧感ありありでちょっと引くほどだよ。

インテリアがまた過剰だった。店内のベースカラーは濃いグリーンで、ソファ席はアメリカのダイナー（軽食堂）によくある、落ち着いた雰囲気になっている。しかし一角には何故か巨大な馬の置物があり、しかも一部の席はブランコ……これ、説明に困るのだが、まさにブランコなのだ。テーブルの両脇にあるソファが、上からチェーンで吊《つる》されたブランコになっている。せっかくだからとこの席に座ってみたのだが、まあ、落ち着かないこと。ここに座れば当然、揺らしますよね。「揺らし食い」初体験。

目立つのは、壁を埋めるポスターというか張り紙というか……「エキサイティングな旨味《うまみ》・必食」「副社長の胡麻《ごま》好きでできた力作です」「しみじみ旨い大人のラッキーカツ丼」（カツ丼まであるんですね）。とにかく情報量過多。お勧めメニューの写真の他に、空白部分は全部文字で埋め尽くそうという熱意が、火傷《やけど》しそうな勢いで迫ってくる。推しがどれだけあるんだよ。いやはや、何を選べばいいのやら。

こういう時は売れているものに限ると、一番人気のチャイニーズチキンバーガー（ポスターのコピーは「うまい門には福来たる。函館名物うまいが勝ち」）を頼んだ。注文を受けてから作るので、しばらく待つことになる。つまり、この店はファストフード店ではないわけだ。

できたてのところで袋を開けてみると、バンズがグッと盛り上がっている——というか、中身がはみ出している。上のバンズを取ってみると、中にはかなりでかい鶏の唐揚げが三つ。「フライドチキン」ではなく「鶏の唐揚げ」なのがポイントだ。それがいい照りを放ちながら、強烈な存在感を主張している。単品料理としての鶏の唐揚げだとしても、相当なボリュームだ。

さて、何とかかぶりつくと——途端に白米が欲しくなった。鶏の唐揚げは、まさに中華風の甘酢的な味つけだったのだ。しかし二口目からは、柔らかいバンズにも合っている、と確信した。鶏の唐揚げ、万能だな。たっぷりの新鮮なレタスがパリパリした歯ごたえでまた美味い。

ああ、これは誰でも安心して食べられる味だよ。間違いない。

マクドナルドに出会う前の高校時代、部活帰りによくパン屋で買い食いをした。そういうパン屋にもハンバーガー（らしきもの）があった。手っ取り早く腹を満たすにはよかったが、今考えるとあれは、焼きそばパンやカレーパンなどの惣菜《そうざい》パンと同じようなジャンルでしたね。

チャイニーズチキンバーガーを食べていて、何故か大昔に味わったパン屋のハンバーガーを懐かしく思い出した。あれを徹底的にブラッシュアップしていい材料を使うと、こういう感じになるのだろうか。美味い美味いで完食。

五十五歳の胃にはこれ一個でも十分なのだが、今回は意を決して、普通のハンバーガーを追加注文した。ベーシックな味も試してやろうという決死の狙いである。ベーシックといっても、パティは厚さ一センチもありやがった。一方味つけには過剰な部分がなく、穏やかな感じ。最初はやばいかな、と思ったがあっさり食べきってしまった。

問題はつけ合わせに頼んだポテトだった。マグカップに突き刺さる形で出てきたのだが、何とミートソースとホワイトソースがかかっている。つまり、ラザニアのパスタの部分をポテトにした感じだ。これはさすがにきついと思ったが、食べないわけにはいかない――食べると美味い。実に美味い。高校生の頃だったら、狂喜乱舞しながらお代わりしたかもしれない。実際店内には、嬉々《きき》として巨大なハンバーガーとポテトを摂取する高校生が大勢いたのだった。

ここまでは、まあ常識の範囲内である。常識からはみ出したのが、同行のIが「インスタ映えに」と言って（インスタはやっていないのに）頼んだ「THEフトッチョバーガー」だった。こういうふざけたネーミングの料理は、だいたいとんでもないものだが、想像以上にとんでもなかった。

高さ二十センチ強。予想をはるかに超える大きさだ。自立するはずもなく、しっかり串が刺さっている。中身は分厚いパティに巨大なコロッケ、さらに目玉焼き、トマト、大量のレタス。どう考えてもそのまま齧《かじ》りつけるはずもなく、Iはバンズを外し、中身を個別に食べ始めた。とはいえ、なかなか減らない。そりゃそうだよね。

こうなると食事ではなく、「イベント」である。とはいえ、運ばれてきた瞬間に「おお」と盛り上がって終わる「出オチ」ではなく、味は確かだった。コロッケをちょっともらって食べたのだが、さすがジャガイモ王国というべきか、べらぼうに美味かった。これだけ買って帰って、夜のおかずにしたかったぐらいである。

分解した中身を見ると、沖縄の食堂でよく見かける「Aランチ」そのものである。沖縄の定食もその過剰さが有名で、揚げ物、炒《いた》め物が大量にサーブされるのだが、横にライスがあればまさにそのものずばりだ……などと考えながら頑張ったものの、さすがに食べきれない。五十五歳の胃では援護するにも限界がある。

弾丸メシのルールの一つ「完食」が、三回目にして早くも崩れてしまった。ミッション、失敗。申し訳ありませんが、今回は完敗だった。

他にも気になるメニューは多々。北海道ジンギスカンバーガー、いか踊りバーガー、函館山ハンバーガーと、名前だけでもそそられる。ハンバーガー以外にもカレー、カツ丼、スウィーツと何でもありだ(店舗と季節によってメニューは違うようです)。さすがに一気にこれだけをこなすのは不可能だ。何度も来るか、大勢で押しかけて一気に頼み、ちょいちょい食べるぐらいしか手はない。全メニュー制覇した人などいるのだろうか……。

後で地元の事情に詳しい人に聞くと、人気の秘密は「そりゃあ、あの味であの値段ですから」。チャイニーズチキンバーガー三百五十円。ハンバーガー二百七十円。THEフトッチョバーガー八百八十円。食べ残しが悔しかったので、THEフトッチョバーガーにはいつか再挑戦したい。

チェーン店というと、全国展開しているファストフードやファミリーレストランなどが頭に浮かぶが、ラッキーピエロのように、地元でしか展開していないローカルチェーンもある。これがまた、ことごとくいい味を出してるんですね。

俺にとって、ローカルチェーンといえばまず、新潟の「みかづき」だ。

ここは何というか……「イタリアン」というファストフードの店である。イタリアンのファストフードではなく、「イタリアン」のファストフード。

お分かりにならない？　では説明しましょう。

「イタリアン」とは、みかづきが提供する独特の麺料理だ。もう三十年以上前、新潟で暮らしていた時に出会って……何というか、非常に納得しにくい食べ物だった。食べた瞬間に首を傾《かし》げてしまうような。

要するに、焼きそばにトマトソースをかけたものである。これがオリジナルで、他にもカレーソースやエビチリをかけたものなど、バリエーションは豊富だ。会社自ら「新潟のソウルフード」と言い切っているのが潔い。

で、味の方なんですが……焼きそばにトマトソースをかけたものです。だからどんなだと言われても、それ以上説明しようがない。焼きそばとトマトソースを同時に食べるとこういう味になる、としか言いようがない。

正直、相当くどい味で、初めて食べた時には「これはちょっと……」と顔をしかめがちなのだが、しばらくするとまた無性に食べたくなる中毒性の高い食べ物だった。それに、何しろ安い。調べてみると、オリジナルのイタリアンが現在も三百四十円で、まさにファストフード価格である。若くて金がない頃、手っ取り早く腹を満たすのに便利な食べ物だった。東京だったら立ち食い蕎麦《そば》を食べるところを、その代わりに——という感じですね。

最後に食べたのはもうずいぶん前なのだが、今でも時々口中に記憶が蘇《よみがえ》る。五十も半ばになった今の胃には、ちょっときつい食べ物かもしれないが。

最近注目しているのは、静岡県内にしか店舗がないハンバーグレストランの「さわやか」だ（正確には「炭焼きレストランさわやか」）。

ここにはまだ行ったことがない。が、つい最近その存在を知ってから、気になってしょうがないのだ。二〇一八年春、箱根《はこね》に遊びに行った時に御殿場《ごてんば》経由で帰ることになり、ついでに御殿場で昼飯を食べていこうか、という話になった。御殿場で贔屓《ひいき》にしているのは中華の「名鉄菜館《めいてつさいかん》」なのだが、たまには他の店にしようと車でうろついている時に、ものすごい行列を発見したのだ。

郊外型のファミレスといった風情の店で駐車場も大きいのだが、駐車場は満杯、店をぐるりと客が取り囲んでいて、とても入れそうになかった。一瞬、ニューヨークはブルックリンの老舗ステーキ店「ピーター・ルーガー・ステーキハウス」を思い出したぐらいだった。ここもアメリカでは珍しく、開店前に長蛇の列ができる（日曜日のランチは十二時四十五分からという微妙な時間に始まるので、行かれる方はご注意を）。

あまりの大賑《おおにぎ》わいなので入るのは断念して、後で調べてみると、「げんこつハンバーグ」というのが人気らしい。これは時々見かけるタイプだが、俵形（さわやかの場合はボール形）に焼いたハンバーグを、熱い鉄板の上で切り開いて焼きつけ、最後の仕上げをする。俺は二十年以上前に、八王子《はちおうじ》の店で食べたのが初体験だったと思う。

さわやかでは、芯の部分はほとんどレアで供するのが特徴らしい。あの行列を見ると、どうしても食べたくなるな……当企画で実現するかどうかは分からないが。

このようなローカルチェーン店は各地にあるのだが、最大の特徴は「行かないと食べられない」ことだ。当たり前の話だが、これがプレミアム感につながっている。もちろん、土地の名産品や名物料理は多々あれど（日本は実に広いのだ）、旅先の食事として敢《あ》えて高級な料理やよく知られた名物ではなく、地元にしかないファストフードを選ぶのは、なかなか粋ではないかと思うのですが、いかがでしょうか。

ラッキーピエロ　ベイエリア本店
住所：函館市末広町23－18
電話番号：0138－26－2099

小説

雪は降る

駆星周

1

エンジンの調子がおかしかった。六十万で買った安物のステップワゴンだ。手に入れた時から、あちこちにガタがきていた。

近くのガソリンスタンドまで騙《だま》し騙し運転し、車を降りた。空は鉛色の雲に覆われ、ちらほらと雪が舞っている。初雪だった。十一月の半ばというのは例年より早いのか、遅いのか——原田雅史《はらだまさし》は首を振った。そんなことはどうでもいい。問題は左膝《ひだりひざ》の古傷だ。冷えてくると痛みはじめる。

「雅史さん。ちーっす」

スタンドの制服を着た太一《たいち》が帽子を脱いで一礼した。高校のサッカー部の後輩で、去年中退し、このスタンドに就職した。馴《な》れ馴《な》れしくまとわりついてくるのが嫌でずっと避けていたが、ステップワゴンを買ってからは太一の自分への憧《あこが》れを利用してただで整備をさせている。

「どうしました？」

「エンジンの調子がよくねえんだ。ちょっと見てくれよ」

「一度、オーバーホールした方がいいと思いますよ。おれが見ただけじゃよくわからないし、別の人に見せると金かかるし」

「金がねえからおまえんとこに来てるんだべや。はんかくさい」

太一の頭を軽く叩《たた》き、雅史は自動販売機で缶コーヒーを買った。歩くたびに、鈍いとも鋭いともつかない曖昧《あいまい》な痛みが左膝に走る。ぎしぎし、みりみり——痛みは擬音を伴っている。まるでおまえはポンコツだと嗤《わら》うように。雅史は舌打ちをした。この怪我《けが》さえなければ、こんな死んだような街で燻《くすぶ》ることもなく、Jリーグのどこかのチームでスター街道を歩んでいたはずなのだ。

ふざけ半分で乗ったスクーター。警官に見つかることをおそれて無灯火で乗り回した。交差点で光に視界を塞《ふさ》がれ、気がつくと病院のベッドで寝ていた。わけもなく、自分の未来が閉ざされたことを知った。

寒くなるたびに、あの時の怒りと悔恨《かいこん》、絶望を思い出す。冬は嫌いだった。だが、どれだけ厭《いと》ったところで、長く厳しい冬は問答無用でやってくる。

「雅史さん、やっぱ、外から見ただけじゃわからないっすよ」

雅史は缶コーヒーを一息で飲み干した。空になった缶を足元に落とす。左足の甲でそれを受け止め、また、宙に蹴《け》り上げる。昔は左足の使い方が下手《へた》だった。どんな時でも利き足でボールを捌《さば》いていたのだ。怪我をしてからは、左足を軸にするのが困難だった。それで、左足がうまく使えるようになった。

もうサッカーはできないのだ。雅史は再び落ちてきた缶を蹴った。缶は放物線を描き、自動販売機の脇《わき》のゴミ箱に飛び込んだ。

「すげえや、やっぱり雅史さんは。怪我さえしてなきゃなあ」

「うるせえ」

声に不機嫌さを感じたのか、太一は首をすくめた。

「煙草《たばこ》、あるか？」

太一の差し出した煙草をパッケージごと奪うようにして、上着のポケットに押し込んだ。太一は恨みがましい目で口を開いた。

「ガソリン、どうします？　もうあんまり入ってませんけど」

「金がねえって言ったべ？」

むかつく。いつも些細《ささい》なことでむかついてしまう。怪我をしてからはずっとそうだった。太一を殴りつけたいという衝動を堪《こら》え、雅史は空を見あげた。雪が一粒落ちてきて、雅史の額の上で溶けた。

「ガソリン代、わたしが立て替えてあげようか？」

雪のように軽やかで頼りない声がした。雅史は振り返る。林美穂《はやしみほ》がスタンドの外の歩道に立っていた。茶色く染めた髪の毛に雪がまとわりついている。くすんだ景色に包まれた彼女は手を伸ばせば消えてしまう幻のようだった。

「マジ？　なまら助かるわ」

雅史は反射的に馴れ馴れしい口を利いた。そうしなければ、緊張していることを知られてしまうと思った。

「その代わり、お願いがあるんだけど」

「なにさ？」

「函館《はこだて》まで連れていってくれない」

美穂は微笑《ほほえ》んだ。相変わらず、幻のようだった。

2

海沿いの道は嫌だと美穂は言った。雅史はステップワゴンを北に向けた。国道二七六号を使って、支笏湖《しこつこ》と洞爺湖《とうやこ》の脇を抜け、伊達《だて》の先で国道三七号に合流するルートを頭の中で浮かべた。そこから先は海沿いになるが、いずれにせよ、函館に向かうには海岸線を走らなければならない。函館に近づいたらカーナビを使えばいい。古い型だが、道案内はできる。

「なんで函館に行くのさ?」

市街地を抜けると、道路脇の建物は閑散としてくる。目立つようになるのはラブホテルの看板だった。不埒《ふらち》な思いが頭をよぎり、それを美穂に悟られるのが怖かった。

「友達のところに行くのよ」

「したっけ、列車で行けばいいっしょ」

「列車だと、人がたくさんいるべさ。うるさいの、嫌なの」

美穂はCDケースをぱらぱらとめくっていた。また、気恥ずかしさに襲われる。この車を買うために、バイトで貯《た》めた貯金をすべてはたいてしまった。内装やオーディオは買った時のままで、人に自慢できるようなものはなにひとつない。

「函館の友達って?」

美穂はCDを一枚取り出して、デッキに挿入した。雅史の質問に答えるつもりはないらしい。いつもそうだ。不良仲間と一緒にいても、近づきがたい空気をまとって超然としている。美穂を狙《ねら》っていた男は数知れずいた。だが、だれも彼女を口説いたりはしなかった。

地元の暴走族のリーダーが彼氏だったのだ。美穂を口説いたことがばれれば半殺しにされる。

スピーカーからコブクロの曲が流れてきた。

「函館にいるの、友田《ともだ》さん？」

雅史は暴走族のリーダーの名前を口にした。美穂が首を振った。

「あいつとはもうずいぶん前に別れたよ」

「でも……」

雅史は驚きを隠せず、美穂の横顔を凝視した。

「あいつ、まだ付き合ってるって顔してるっしょ。変なプライドだけ高くて、馬鹿《ばか》みたい」

美穂は虚《うつ》ろな笑いを漏らして、スピーカーから流れてくる曲に合わせて小さく口ずさんだ。窓の外を流れる景色には、もう、ラブホテルの看板さえない。葉を落とし、無数の骨のように見える白樺《しらかば》林が延々と続いているだけだった。

美穂の首ははっとするほど白く、艶《なま》めかしかった。一歳違うだけなのに、眩《まぶ》しいほどに大人《おとな》びている。雅史が入学した時から、美穂はみんなの憧れの的だった。

「雅史はさ、やっぱ、怪我してなかったらJリーグに行ってたのかな」

「さあ」雅史は首を振った。「スカウトは来てたけど、本当に採《と》ってくれたかどうかはわからないっしょ。おれ、インターハイにも選手権にも行ってないし」

「室蘭大谷《むろらんおおたに》に行けばよかったのに」

美穂が口にしたのは道内でも有数のサッカー強豪校だった。何度も全国大会に出場し、Jリーガーも輩出している。

「大谷には美穂さんがいないっしょ」

軽口を叩いたつもりだったのに、美穂は笑ってくれるどころか唇を噛《か》んで俯《うつむ》いた。ハンドバッグにかけた右手が細かく震えていた。

「寒い？」

「ううん。でも、凄《すご》いよね——」美穂はすぐにそれとわかる作り笑いを浮かべた。「うちみたいな公立高校のサッカー部にJリーグのスカウトが来たんだもん。雅史、みんなの誇りだよ。いつまでもぶらぶらしてちゃだめなんじゃないの」

だれかに同じことを言われたら、むかついていただろう。神経がささくれ立って、だれもかれもをぶちのめしたくなる。美穂に言われると、ただ自分が情けなくなるだけだった。

「支笏湖だって」

道路標識を目にした美穂の声のトーンがあがった。

「あと三十分ぐらい」

「支笏湖なんて、小学校の遠足以来かな。雅史はよく行く？」

「車買ってからは」

「景色以外なんにもないもんね。でも、苫小牧《とまこまい》よりはましかな。苫小牧、なんにもないっしょ。雅史、札幌《さっぽろ》とかに出ていく気ないの？」

「まあね」

雅史は曖昧に笑った。苫小牧を出ていきたいという思いはいつも胸に抱えていた。だが、無職の自分になにができるのかという思いもつきまとう。就職して、たかがしれた金を稼いで、アパートを借りて――そう考えただけで気持ちが萎《な》えてくる。このままではいけないということはわかっていても、疲労に似た淀《よど》んだ気分を振り払うことができないのだ。

十九歳でくたびれきっている。車を買えば世界が変わるかと期待していたが、行動半径が広がっても、目に映る光景はなにひとつ変わらない。

「美穂さんは？　札幌とか、東京とか」

「苫小牧に仕事があるっしょさ」

美穂は夜の居酒屋で働いている。バイトではない。正社員だ。美穂目当てに出かけていく若い客が多く、居酒屋の店主はほくほくしている。

左手に風不死岳《ふっぷしだけ》が見えてきた。山頂にうっすらと雪を頂いている。もうしばらく進めば支笏湖も視界に入ってくるだろう。

「雅史がサッカーやってる時、格好よかったなあ」

溜息《ためいき》を漏らすように美穂が言った。肩に力が入る。もう、サッカーのことは忘れたい。だが、美穂にそう言われるのは悪い気分ではなかった。

ふたりの自分がいる。過去を切り捨てようとする自分と、まだサッカーに未練を持っている自分だ。

「みんなで話してたんだよ。うちの学校じゃなく、大谷に行ってたら、絶対、選手権に出てヒーローになってるのにって」

雅史は笑った。中学の時、室蘭大谷からスカウトされたことはあったのだ。だが、サッカー漬けの高校生活を思うとぞっとした。練習などしなくても自分はうまいのだという驕《おご》りがあった。大谷に行っていたらどうだったのだろう。寮に住み、サッカー漬けの暮らしを送り、無免許でスクーターに乗ることもなく……。

「支笏湖だ」

美穂の声で我に返った。木々の間に緑色の湖面が波打っている。晴れていれば万華鏡のように日光を反射させるのだが、今日の支笏湖はむっつりと沈んでいた。対岸に恵庭《えにわ》岳《だけ》も見えている。対向車はなく、湖と枯れた木と山が連なる景色は途切れることがない。

「車、停《と》めようか？」

雅史は言った。美穂は窓におでこをくっつけて景色に見入っている。

「いらない」

美穂は小さく首を振った。スピードメーターは時速八十キロを指していた。ルームミラーに映る後続車は豆粒のように小さい。雅史はアクセルを緩めた。美穂が楽しんでいるのなら、できるだけ長く支笏湖をその視界におさめさせてやりたかった。

「昔さ、日曜日とか休みになると、パパにどこかに連れていってくれって頼むんだよね」

美穂が言う。独り言なのかどうか、判断がつきかねる口調だった。

「したら、パパは必ず言うの。ウトナイ湖か支笏湖に行こうって」

雅史は頷《うなず》いた。苫小牧の北にあるウトナイ湖は白鳥の飛来で有名だが、昔は子供向けのちょっとした遊興施設があったのだ。ゴーカートに乗りたくて、雅史はよく父親にウトナイ湖行きをねだった。

「弟はゴーカートに乗りたいからウトナイ湖に行きたがるんだけどさ、女の子はウトナイ湖行ってもつまらないんだよね。近いし。まだ支笏湖の方が遠くて、ドライブも楽しめるから、家族みんなで来たんだ」

雅史はただ相づちを打った。美穂がなぜそんな話をしているのか、見当もつかない。

美穂には三つ下の弟がいる。雅史たちと同じ学校に通い、東大合格間違いなしと謳《うた》われているらしい。進学校とはいっても、田舎《いなか》の高校だ。東大に受かる生徒は数年にひとりしかいない。

豆粒のようだった後続車がすぐ後ろまで迫ってきた。追い越しは禁止——雅史はアクセルを踏み込んだ。どこがどうと指摘できるわけではないのだが、エンジンが嫌な音を立てながら回りはじめた。景色が後ろに流れていくスピードがあがり、美穂が溜息をついた。支笏湖と恵庭岳が遠ざかっていく。

「弟さん、来年受験だっけ？」

「……そうみたいね」

美穂は俯き、瞬《まばた》きを繰り返した。長い睫毛《まつげ》が揺れる。ふいに、美穂の目にキスしたいという衝動を覚えた。睫毛の一本一本を口に含み、目玉に舌を這《は》わせたい。美穂がこの先悲しみに泣くことのないよう、すべての涙を吸い取りたい。

なぜそんな衝動を覚えたのかはわからなかった。

3

美笛《びふえ》の峠はうっすらと積雪していた。スタッドレスを買う金はない。ステップワゴンが履いているのはノーマルタイヤだった。雅史は運転に集中した。

美穂はまた違うCDをデッキにかけた。今度のはレミオロメン。ボーカルの甲高《かんだか》い声が神経に障って嫌いなバンドだが、付き合っていた女が好きだったから買ったものだ。その女とは十回やって別れた。好きでも嫌いでもない。ただ、やりたかったから付き合ってくれという言葉に頷き、飽きたから別れた。

女は涙で顔をぐしゃぐしゃにして、死んでやると言って駆け去っていった。だが、彼女が死んだという話は耳にしていない。

「途中から、南に下って、噴火湾《ふんかわん》の方に出るけど、いい？」

雅史の言葉に美穂が頷いた。

「これ、タイヤ、ノーマルでしょ？　いいよ、怖いから海沿いでも」

美穂は微笑んだ。幻みたいだ――雅史はまた思った。手を伸ばせば消えてしまいそうなのだ。

美穂になにがあったのだろう。暇潰《ひまつぶ》しに自分の相手をしてくれるような女ではない。気まぐれに男と函館へ行こうと言い出すような女でもない。付き合っていたのは暴走族のリーダーだし、遊び仲間も不良がほとんどだったが、本人は暴走族とも不良とも無縁だった。

前方に三叉路《さんさろ》が見えてきた。直進すればニセコへ向かうことになる。左折で国道四五三号に切り替わり、洞爺湖の脇をすり抜けて内浦湾《うちうらわん》に達し、国道三七号と合流する。

「ねえ、覚えてる？　勇払《ゆうふつ》のさ、苫東《とまとう》開発地帯に骨を埋めてた子が捕まったっていうニュースあったでしょう？」

必死にリフティングする少年の姿が脳裏をよぎった。この車を買う金を作るために、おんぼろのスクーターを脅すようにして売りつけたのだ。

「そういえば、そんな事件あったかな」

雅史はとぼけた。どこか、後ろめたい。少年——智也《ともや》は雅史に売りつけられたスクーターで墓から掘り出した骨を勇払原野に運んでいたのだ。智也は警官を刺し殺し、その死体も勇払原野に埋めていた。

「時々見かけたんだ、あの子。ちょっと知的障害があったみたいだったけど、笑顔がよくってさ、いつも可愛《かわい》い犬連れて。あの子があんなことするなんて、信じられない」

「智也だべさ。おれも知ってるっしょ。サッカーが好きだったんだ。高校のサッカー部の練習の時、いつもひとりで見に来てた」

「話したことあるの?」

「何度か。あいつ、おれに憧れてたんだ」

「話はできないって聞いてたけど」

「できるよ。ただ、ちゃんと話すのに時間がかかるんだ」

「そう……」

美穂はまた車窓の外に目を向けた。智也に売りつけたスクーターはどうなったのだろう? 名義は雅史のままだったので、事件後、警察が事情聴取にやってきた。雅史は嘘《うそ》と本当のことを織り交ぜて話したのだ。免許を持っていないことは知っていたが、どうしてもスクーターを売ってほしいとせがまれ、可哀想《かわいそう》な子なので売ってやったのだ、と。

後ろめたい。なにもかもが後ろめたい。サッカーができなくなったことも後ろめたい。あれは間違いなく自分のせいだった。サッカー漬けの生活が嫌で地元の高校を選んだくせに、どうしても室蘭大谷に勝つことができず、全道大会に出ることはおろか、地方大会で頂点に立つこともできなかった。自分の選択は棚に上げ、チームメイトに責任を押しつけ、投げやりになっていった。

父が自分に期待していたことはわかっている。その期待に応《こた》えたいとも思っていた。だが、夢は途中で断ち切られ、その父の臑《すね》をかじって生きている。

すべては自分のせいだ。なにもかもが後ろめたい。

「あの子、どうしてあんなことしたのかな？」

「世界を終わらせたかったんだってさ」

雅史は反射的に口にしていた。事情聴取に来た刑事がそう言っていたのだ。

「世界を終わらせる？」

「そう。終わってしまった世界で、犬と一緒に暮らしたかったって」

「……気持ち、わかるなあ」

美穂は深々と息を漏らした。

「ねえ、美穂さん、なんかあったのかい？」

「なんもないよ。ちょっとね、疲れてるだけ」

美穂は即答した。あまりにも返事が早すぎて、却《かえ》って嘘くさかった。

「函館の友達って、女？　男？」

雅史は言葉を続けた。智也の話題は遠ざけたかった。

「男だよ。高校の時の同級生。今は函館で働いてる。昔から好きだったの」

美穂の言葉が左耳からするりと入り込み、脳を串刺《くしざ》しにした。なにかを期待していたわけではない。それでもショックを受けていた。ハンドルを握る手が汗で濡《ぬ》れている。

突然、美穂が笑い出した。身体《からだ》をふたつに折り、腹を抱えている。

「もうやだ。雅史、超マジ顔」

顔が火照《ほて》った。すぐ前を行く軽自動車がのんべんだらりと走っている。制限速度四十キロの道を律儀に四十キロで走っているのだ。カーブが連続しており、無理な追い越しはかけづらかった。雅史は乱暴にクラクションを鳴らした。

「クラクションなんかいいよ。ゆっくりでいいんだから。嘘だよ。男なんていないさあ。ずっと彼氏一筋の真面目《まじめ》女なんだから」

雅史は頷いた。美穂に関しては浮いた噂《うわさ》ひとつ、聞こえてこなかった。だからこそ、みんなが憧れていたのだ。

「雅史、わたしと付き合いたい？」

「そんなことしたら友田さんに半殺しにされるっしょ」

「あいつは関係ないよ。雅史の気持ちを聞いてるの」

「付き合いたい……です」

言って、股間《こかん》が硬くなっているのに気づいた。男根はいつも雅史の意思を裏切って自己主張する。

「本当に？　ただしたいだけじゃないの？」

「付き合いたいし、したい。それじゃだめっすか？」

「正直でいいね、男の子は」

美穂はまた笑った。軽自動車が左折して道が開けた。雅史はアクセルを踏んだ。時速六十キロまで上がったところで速度を維持した。道の右側は雪を被《かぶ》った畑で、左には河が流れていた。河岸には大きな石がいくつも転がっている。遠く前方に昭和新山《しょうわしんざん》と有珠《うす》山《ざん》が仲のいい兄弟のように並んでいた。

「お腹《なか》減ったっしょ？」

話をはぐらかされたような気がして、雅史は唇を嚙んだ。男根は硬く猛《たけ》ったままだ。空腹は感じていたが、付き合うかどうかの話になった途端に消えていた。

「洞爺湖でなにか食べようか？　わたしが奢《おご》ってあげるから」

「美穂さん、おれと付き合ってくれるの？」

我慢ができず、雅史は訊《き》いた。美穂は忍び笑いを漏らした。

雅史が期待した返事はいつまでたっても返ってこなかった。

4

洞爺湖の周辺は身を切るような風が吹き、常に湖面がざわめいていた。低い雲が上空を覆い、今にも雪が降り出しそうだった。ジャージの上下を着ただけの身体には辛《つら》い。

車を降りた瞬間から、左膝がじんじんと痛み出した。ぎりぎり、みしみし——自分の身体の一部にポンコツだと嗤われて、浮ついた気分が惨めに萎えた。

「なまら凄い風だね」

美穂は乱れた髪を掻《か》きあげ、湖を見つめた。中島《なかじま》が湖面にぼんやりと映り込んでいる。美穂は赤いカシミアのコートを着ていた。背中を丸めて襟を立てている。

「まだ十一月なのに真冬みたいだ」

雅史は両手をジャージのポケットに突っ込んだ。指先に車の鍵《かぎ》が触れた。鍵は氷のようで、指先に痛みに似た痺《しび》れが走った。

「あのラーメン屋に行こうよ。温かいラーメン食べたい」

美穂は駐車場に背を向け、営業しているのかどうかも定かではないラーメン屋に足を向けた。近づいていくと、ガラスの引き戸が湯気で曇っていた。客の姿などどこにもないのに営業だけはしているようだった。

「マジで奢ってくれるの？」

「雅史、お金ないんでしょ」

美穂はスキップするように歩いていた。コートの裾《すそ》から伸びているのはデニムに包まれた脚だ。分厚い生地を通しても、しなやかさが手に取るように伝わってくる。わたしと付き合いたい？——美穂の声が繰り返し頭の中で響いていた。

雅史は美穂と肩を並べ、ラーメン屋のドアを開けた。途端に、咳《せ》き込みたくなるほどの湿気が口の中に飛び込んできた。

「いらっしゃい」

年老いた店主が愛想のかけらもない声で言う。視線は下に向けられたままだった。カウンターと四人掛けのテーブルがふたつあるだけだった。当然、他の客はいない。美穂が奥の方のテーブル席についた。テーブルの横で、古い型の石油ストーブが燃えている。ストーブには薬缶《やかん》がかけられ、ガスのように蒸気を噴き出していた。

「わたしは味噌《みそ》ラーメン」

美穂が壁に貼《は》られた品書きを見ながら言った。

「じゃあ、おれはチャーシュー味噌バター」

雅史は美穂の向かいに腰を降ろした。テーブルは油で粘ついている。

「餃子《ギョーザ》は？」

「食べる」

雅史は汗を拭《ぬぐ》いながら、店主に注文した。店主はうんともすんとも言わず、ただ頷いた。

「暑いっしょ」

拭っても拭っても汗は流れてくる。このまま外へ出ればすぐにでも風邪《かぜ》をひけそうだった。なのに、美穂はコートを脱ごうとしない。美穂の額にもうっすらと汗が浮かんでいる。

「うん。この下、薄着だからさ」

雅史は瞼《まぶた》が引きつるのを感じた。コートの襟元から覗《のぞ》いているのは白いハイネックのセーターだった。薄着のわけがない。

なぜ見え透いた嘘をつくのだろう。疑問符が頭の中で渦を巻いていたが、それを口にすることは躊躇《ためら》われた。

カウンターの端にティッシュの箱があった。雅史は腰を浮かせ、ティッシュを鷲摑《わしづか》みにした。それで額と首筋の汗を拭う。

「美穂さんは？」

「もらおうかな」

再び腰を浮かしかけたところで、店主の声が飛んできた。

「勝手に店のもの使わないでくれませんかね」

一瞬、目の前が暗くなった。突発的で制御不能な怒りに襲われたのだ。サッカーでも、後ろから汚いファウルをされた時にはいつも同じ症状に陥った。気がつけば相手に殴りかかり、レッドカードを差し出す審判が目に入って我に返るのだ。

「雅史」

手首を摑《つか》まれるのを感じて、雅史は振り返った。美穂が首を振っている。それで、自分が腰を浮かし、店主に向かいかけていたのを知った。

「喧嘩《けんか》する人はもう懲《こ》り懲《ご》り」

雅史は乱暴に汗を拭いながら座り直した。美穂の彼氏——友田の暴れぶりは地元では有名だったし、一度、目撃したこともある。確かに話に聞く強さと残虐さだった。ただ、常軌を逸しているというのではない。威勢のいい言葉を口にし、徹底的に相手をぶちのめすのだが、どこか醒《さ》めているという感覚を拭えなかった。あんな喧嘩をする人間と付き合っていたなら、気苦労が絶えなかっただろう。

背中に店主の怯《おび》えが伝わってきていた。心が狭く臆病《おくびょう》な男なのだろう。見境なく客に嫌味を言い、相手が向かってきたら首をすくめて怒りがおさまるのを待つのだ。似たような大人はたくさん見てきた。寒くなればなるほど、そういう大人が増えるような気もする。雪の少ない寒さは、人の心を荒廃させる。まだ、雪があればいい。だが、北海道の太平洋沿いは悲しくなるほど雪が少なかった。

店主が目に怯えを湛《たた》えたまま、ラーメンと餃子を運んできた。スープは塩気が強すぎ、麺《めん》はのびている。それでも、雅史と美穂は無言で麺を啜《すす》った。寒さがしのげればそれでよかったのだ。だが、店内の蒸し暑さで、その気も失《う》せていた。

ふたりとも、半分ほどで箸《はし》を置いた。餃子もちょうど半分残ったままだった。

「雅史、車、店の前で停めてくれる？　このまま外に出たら風邪ひいちゃうよ、わたし」

「いいよ」

美穂はハンドバッグを開け、財布を取り出した。白いエナメルの財布だ。底の方に刷毛《はけ》で塗ったペンキのような赤い染みがついていた。口紅かマニキュアがついたのだろうか――そう思った次の瞬間、雅史は目を剝《む》いた。開いた財布から一万円札の束が見えた。

「いくら入ってるの？」

美穂は慌てて財布を閉じた。頰《ほお》が上気しているのは湯気とラーメンのせいだろうか。

「函館で遊ぼうと思って、貯金、おろしてきたの」

二十万か三十万はあったように思えた。函館くんだりで遊ぶにしては大金だった。

「早く、車とってきて」

美穂に促されて、雅史は店を出た。財布についた赤い染みと一万円札が脳裏にこびりついて離れなかった。

小雪が舞っていた。中島の方から吹きつけてくる北風は汗に濡れた雅史の身体に容赦なく襲いかかってくる。急激に体温を奪われ、雅史は震えた。

「冗談じゃねえべ、まったく――」

ぎりぎり、みしみし――足を踏み出して、激痛にうずくまった。左膝の古傷が悲鳴をあげている。無数の針で刺されたような痛みだった。

しばらく耐えていれば痛みは去る。ただ、寒さが耐えがたかった。気温は急激に下がっている。舞う雪の量も増えている。寒気を孕《はら》んだ低気圧が近づいている。

寒さに震えながら痛みに耐えていると、ラーメン屋のドアが開く音がした。ヒールがアスファルトを打つ音が続く。

「どうしたの、雅史？」

美穂の髪の毛が頰の皮膚を撫《な》でた。

「大丈夫……ちょっと、古傷が痛むだけだから」

美穂が雅史の肩を抱いた。背中に、胸の膨《ふく》らみが押しつけられる。痛みに苛《さいな》まれていなければ、その場に押し倒してしまいたかった。

「病院は？」

「いいって。じっとしてれば、じきに痛くなくなるから」

痛みは続いていたが、雅史は立ち上がろうとした。どうして男は、女の前でいい格好をしたがるのだろう。再び膝が割れるように痛み、雅史は腰を落とした。

「車の鍵貸して」

言われるままにポケットから鍵を出した。ヒールの足音が遠ざかっていく。胸の柔らかさも温かさも消えて、凍えてしまいそうだった。

ステップワゴンが真横に停まった。美穂が降りてきて、助手席のドアを開ける。肩を借りてなんとか車に乗り込んだ。目に涙が滲《にじ》んでいた。

サッカーはおろか、どんなスポーツももうできない身体なのだ。

美穂がシートの位置を調整していた。

「おれが運転するよ」

「痛いんでしょう？　痛みが引くまで、わたしが運転するから。大丈夫。友田に仕込まれてるからね、車の運転は」

美穂はギアをドライブに入れ、アクセルを踏んだ。スムーズな発進だった。ステアリングの取り回しにも無駄がない。美穂は運転が上手だった。

「寒いと痛むの？」

「寒い時と低気圧が来た時」

「じゃあ、ダブルで来たわけだ。大変だね、雅史」

「もう、慣れたから……」

エアコンの噴き出し口から暖かい空気が噴き出てくる。雅史は左膝を暖かい風に当てた。気のせいかもしれないが、痛みが少しだけ和らいだ。

洞爺湖が背後に遠ざかっていく。大きなカーブを曲がってしばらく行けば道央自動車道と交差し、その先は高台になっていて内浦湾を見おろせるはずだった。北の空は分厚い雲に覆われていたが、海の向こうには淡い青空が広がっていた。道幅が狭くなり、カーブが続いた。美穂は楽しそうにステアリングを操っていた。

このところ調子の悪かったエンジンも機嫌よく回っていた。運転手が代わったことを喜んでいるかのようだった。

5

「わぁ」

車のスピードが落ちた。道路脇の木々の隙間《すきま》から、七色に輝く内浦湾の海面が見えた。太陽の光を一旦《いったん》吸い込み、それをまた放射しているように見える。美穂は車を路肩に停め、ガードレールの方に歩いていった。

太陽はかすかに西に傾き、美穂の横顔に陰影を与えていた。

膝の痛みは無視できる程度におさまっていた。雅史は車を降り、美穂の左脇に立った。波打つ内浦湾はそこから望むと鈍い黄金色に輝いていた。遠くの漁船が黒く塗り潰されたシルエットになって黄金色の海を掻き分けている。

美穂は一心不乱に海を眺めていた。

「綺麗《きれい》だな……」

雅史は呟《つぶや》いた。

「ねえ。苫小牧の海見ても、綺麗だと思ったこと一度もないのに」

「綺麗な時もあるよ。でも、大抵は暗い緑色だもんな」

「綺麗だよね。なんだか、海が光のシャワーを出してるみたい」

風に、美穂の睫毛が揺れていた。相変わらず、美穂は触れれば消えてしまいそうだった。

雅史は美穂の肩を抱いた。美穂が消えることはなかった。美穂は間違いなく、雅史の横にいた。

「こら」

美穂は怒ったような声を出したが、身体を雅史に預けたまま動こうとしなかった。コートとセーターが間に挟まっているが、美穂の肉体の柔らかさを、雅史はじっくり堪能《たんのう》した。股間が滾《たぎ》ることはない。海からの光のシャワーを浴びて、心が浄化されていく。怪我のことも無為な暮らしも、光のシャワーが頭の外へ押し流していく。

「函館行ったらさ、苫小牧には戻らないでそのままふたりで暮らそうか」

考えてもいない言葉が口から漏れてくる。雅史は自分の言葉に驚きながら、それでも美穂の肩に回した腕を降ろすことはなかった。

「友達に会いに行くって言ったっしょ」

「おれと付き合おうって言った」

「わたしと付き合いたいのかって訊いただけよ」

木の影が振り向いた美穂の顔を塗り潰した。美穂が美穂でなくなり、雅史の箍《たが》が外れた。美穂を抱き寄せ、唇を吸った。美穂は抗《あらが》わず、身体を雅史に預けてきた。

美穂の唇は冷たく、甘かった。舌を割り入れようとすると、ようやく美穂は抵抗した。美穂の手が雅史の胸を押す。火柱のような欲望が、その瞬間噴き上げた。左手で美穂の腰を抱き寄せ、右手で尻《しり》をまさぐった。美穂はあらん限りの力で抵抗しようとしたが、ゆるさなかった。口をこじ開け、舌を押し入れ、吸う。

美穂の顔を黒く覆っていた影が消えた。再び現れた光のシャワーが、美穂の目尻に浮かんだ涙に射し込んだ。

火柱が消えていく。

「ごめん……」

雅史は美穂を解放し、力ない足取りで車に戻った。運転席に乗り込み、シートの位置を調整した。美穂はまだ内浦湾を見下ろしている。

煙草をくわえ、火を点《つ》けた。最後の一本だった。煙草を買う金にも事欠くくせに、アルバイトに精を出すわけでもなく、だらだらと暮らしていたのだ。

煙草を吸い終えると、それを待っていたかのように美穂が戻ってきた。無言のまま助手席に乗り込み、また、ＣＤケースをめくりはじめる。雅史も無言で車を発進させた。

狭く長い坂を下り、内浦湾に突き進んでいく。国道三七号と合流するのは豊浦町《とようらちょう》で、雅史は左のウィンカーを点滅させた。

「どこ行くつもり？　函館はこっちでしょ」

美穂が右手を指差した。

「まだ、函館行くつもり？」

「当たり前よ。そのつもりでガソリン代、出してあげたんだから」

ウィンカーレバーを切り替えた。

「函館で待ってるの、ほんとに男？」

「内緒」

もう、涙は消えていた。それでも、美穂が浮かべる笑みはどこか痛々しい。

「なにがあったのさ？」

信号が青に変わり、雅史は函館を目指して車を右折させた。

「なんもないよ」

「大金持って、おれみたいなの道連れに函館行くなんて、どう考えても変だべや。おまけに、キスしても最初はゆるしてくれた」

「雅史のキス、下手だから、途中で嫌になったの」

うまくはぐらかされている。そうは思っても、話をどう運んでいけばいいのかがわからなかった。

「おれと付き合ってよ」

「プーは嫌い」

「働くから」

「本当に？」

美穂が顔を覗き込んできた。頬が火照った。キスをした時の感触がまだありありと残っている。

「どんな仕事するの？」

「ガソリンスタンドで働くさ」

どうしてそんなことを口にしたのか、自分でもよくわからなかった。したいことがなにもない。目の前には無数の道が開けているはずなのに、どっちに進めばいいのかわからない。わからないことだらけだった。

「ガソリンスタンドか……不景気だから給料安いってよ。それでもいいの？」

「いいよ」

今この瞬間、なにかしたいことがあるとするなら、美穂を自分のものにすることだった。そのためならなんでもできる。わけもなく、そう信じることができた。

「雅史と付き合うのか……どうしようかな」

「付き合えよ」

「キスしたからって、口調が生意気。そういう男って、女を自分のものだと勘違いするんだよね」

「付き合ってください、お姉様」

わざと軽い口調で言った。美穂が笑った。その笑いには痛々しいものは紛れ込んでいなかった。

海岸線を走っていた道は、途中から山の方に切れ込んでいき、また、海岸線に戻ってくる。函館方面に向かう車列は一匹の蛇のようにうねりながら連なっている。どの車も八十キロ以上のスピードで走っていた。

美穂がハンドバッグからハンカチを取り出し、口に押し当てて可愛いくしゃみをした。ハンカチにも財布と同じような赤い染みがついていた。

「バッグの中でマニキュアかなにか、蓋《ふた》が開いてこぼれてるんじゃないの?」

美穂はハンカチを見つめた。幽霊か化け物に出くわしたという表情だった。

「さっき、財布にも赤い染みがついてたよ」

美穂は操り人形みたいな仕種《しぐさ》で雅史を見た。それから、ハンドバッグに視線を移す。

「ほんとだ。マニキュアがこぼれてる」

台詞《せりふ》を棒読みしているような口調だった。美穂は両手をバッグの中に入れ、ハンカチでなにかを拭いだした。

「そのバッグ、高いんだべ？　大丈夫？」

「後で除光液で落とせばなんとかなると思う……」

美穂の瞳《ひとみ》は虚ろだった。雅史が肩を抱き、唇を吸った美穂はここにはいない。

「ねえ、美穂さん、話はぐらかさないでさ、本当のこと言ってよ。なにがあったのさ？」

美穂の返事はなかった。いつの間にか雲が南に流れ、内浦湾も淀んだ巨大な黒い塊となって揺れているだけだった。

「肩、貸して」

美穂は言い、雅史の肩に顔を埋《うず》めた。華奢《きやしや》な背中が細かく震えていた。どうしていいかわからず、雅史はステアリングを握っては放すということを繰り返した。国道三七号は蛇のようにのたくっている。しばらく山間《やまあい》を走った後で海岸線に出、その後は延々と直線が続くのだ。

理由はわからないが、美穂の心はのたくっている。だから、辛いのだ。幻のように見えるのだ。雅史は声に出さずに呟いた。

山間を抜け、道がまっすぐ延びてくると美穂はようやく顔を上げた。化粧が崩れ、美穂の素顔が覗いている。

「ごめんね」

「なにがあったのさ？　友田さんと喧嘩？」

「あいつとはとっくの昔に別れたって言ったべさ。そんなんじゃないよ」

「おれはガキすぎて力になれない？」

美穂が笑った。どこか空虚な笑いだった。

「ガキっていったって、ひとつしか違わないよ。まるでわたしがおばさんみたいじゃない」

「力になりたいんだよ」

「雅史は優しいね」

語尾と共に美穂の笑みも消えていった。顎《あご》のラインが頑《かたく》なに強張《こわば》っている。たぶん、教えてくれるつもりはないのだ。

雅史は小さく首を振った。他人に優しいと言われたのははじめてだった。我が儘《わがまま》だとか強情だと言われたことはある。サッカーをはじめてからはそれに傲慢《ごうまん》という言葉が加わった。なにを言われてもよかった。サッカーが自分を愛してくれる。自分はだれよりもうまくボールを操り、だれよりも速くピッチを切り裂くことができる。どんな言葉で罵《ののし》られ、陰口を叩かれようと、なにも気にならなかった。

怪我をしてすべてが変わった。もう、雅史は天才サッカー少年ではなかった。中村《なかむら》俊輔《しゅんすけ》の再来ではなかった。ただの、我が儘で強情で傲慢な子供にすぎなかった。それまで気にならなかった罵りの言葉や陰口が、雅史の心をナイフのように切り裂いた。血は流れ、溢《あふ》れ、凝固して固まる前にまた別の傷口が開く。

美穂も血を流しているのだ。なぜだかはわからないが、激しく傷つき、動揺している。気持ちの強さでそれを隠していたのだ。それが、ハンカチの染みを見て一気に決壊した。

「優しいなんて言われたの、はじめてだよ」

「わたしも今はじめてそう思った」美穂は鼻声で言った。「サッカーやってる時の雅史は、格好よかったけど、感じ悪かったよね。変わったのはやっぱり、怪我したから？」

国道三七号は室蘭本線と併走しながら南下していく。しばらく走れば長万部《おしゃまんべ》の街並みが見えてくるはずだった。

「さっき、骨を勇払の湿原に埋めてたやつの話しただろう？　智也ってやつのこと」

「うん」

視界の隅に映る美穂は戸惑っていた。

「この車買う金が足りなくて、ポンコツのスクーター、あいつに無理矢理売ったんだ。頭の出来はよくなかったかもしれないけど、優しくて、まっすぐで、いいやつだった。

中学で同級生を刺したって聞いてたけど、それでもあいつはいいやつだった。それなのに、半分脅してさ、五万円でポンコツを売りつけたんだ」

美穂はハンドバッグから化粧道具を取り出し、乱れた顔を直していた。

「それで？」

「おれがそんなことしなかったら、あいつ、勇払なんかに骨を埋めに行こうなんて考えなかった。だって、あいつは中坊だし、スクーターがなかったら、あそこまでは行けない。おれが馬鹿なことしたから、あいつは犯罪者になったんだ」

「雅史のせいじゃないっしょ。別に骨を埋めてこいって唆《そそのか》したわけじゃないんだし」

「でも、あいつはおれのスクーターで骨を運んでたんだ。いいやつだったのに、スクーターで遠くに行けるようになった途端、なにかが変わった。世界を終わらせようと思っちまったんだ」

「わたしは十六で原付の免許取ってスクーター買ったけど、世界を終わらせようなんてこれっぽっちも思わなかったよ。その子が特別なんだよ。雅史は関係ないってば」

「おれがあいつにスクーターを押しつけたんだ。あいつにとっての世界を終わらせる道具を渡したんだ」

「でもさ、雅史——」

美穂は化粧をやめて、雅史の顔を覗き込んだ。雅史が笑っているのに気づいて面食らっていた。

「そんなこと、ずっと考えてたんだ。あいつが捕まってから。あいつは世界を終わらせようとした。終わりっこないけど、終わらせようとして、終わらせるための方法を実行した。うまく言えないけど……」

「言いたいことはわかるよ、なんとなく」

「人生ってなんだろう？」

美穂は優しい微笑みを浮かべた。

「雅史、そんなこと考えたの？」

「考えただけだけどさ」

「大人なんだ、雅史は」

美穂はそれっきり口をつぐんだ。はぐらかされたという気はしなかった。雅史が言ったことを考えているように思えた。

沈黙と共に疲労と沈滞が車内に立ち込めはじめた。苫小牧を出て、そろそろ三時間になる。途中、昼食休憩が入ったが、肉体も神経も運転という単純作業に飽きてくるころだった。カップホルダーに立てた缶コーヒーもとうに空で、煙草も切れている。

「コンビニ見つけたら停まるけど」

雅史は言った。

「そうね。喉が渇いたわ」

美穂が答えた。心ここにあらずという口調だった。虚ろに感じる彼女の目は、自分の内部に向けられているようだった。

6

煙草とお茶を二本買い、車に戻った。トイレに行った美穂はまだ戻っていなかった。エンジンをかけると、スピーカーから曲が流れ出した。浜崎《はまさき》あゆみだ。雅史はCDを止め、ラジオに切り替えた。なんとなくNHKにチューナーを合わせた。案の定、天気予報が流れていた。

エンジンは相変わらず快調だった。膝の痛みがぶり返すこともない。まるで、美穂に魔法をかけられたみたいだった。

交通情報を聞き流しながら、コンビニに目をやった。美穂はまだトイレに籠《こ》もったままだ。バッグの中を掃除しているのだろう。あれがマニキュアなら、他のものにも赤い染みが付着しているはずだ。掃除はすぐには終わらない。

スピーカーから流れてくる番組がローカルニュースに変わった。

『つづいて、道警から入った最新ニュースです。今日の昼過ぎ、苫小牧市新明町《しんめいちょう》三丁目の林正隆《まさたか》さん宅で、長男の琢磨《たくま》さん十七歳が何者かに腹部を刺され、死んでいるとの通報が正隆さん本人よりあり、苫小牧署の警官と消防が駆けつけたところ、琢磨さんの死亡が確認されました』

雅史はボリュームを下げた。用心深く辺りを見回す。美穂の姿はまだ見えなかった。

『正隆さんと妻の春江《はるえ》さんは二日前より旅行に出かけており、林さん宅は長女と琢磨さんが留守を預かっていたそうですが、現在、長女は行方がわからなくなっており、警察で所在を確認している最中です。琢磨さんは腹部を鋭利な刃物で数回刺されており、死亡推定時刻は今朝の九時前後――』

雅史はラジオを消した。美穂がトイレから出てきて、コンビニの棚を物色しはじめた。

あの赤い染みはマニキュアではなく血だったのだ。確かに、化粧品にしては濁った赤だった。

殺されたという美穂の弟を思い浮かべてみた。影が薄いという印象が甦《よみがえ》るだけで、頭に浮かぶ彼の顔は曖昧で細部がぼけている。勉強はずば抜けてできるらしいが、それ以外にはこれといった特徴はなかった。

美穂がコンビニを出た。財布をバッグにしまいながら歩いてくる。はっきりと確認できなかったが、赤い染みは綺麗に拭《ふ》き取られているようだった。

「お待たせ」

美穂はコンビニのポリ袋を雅史の膝に置いた。ポテトチップスやチョコレートで袋はぱんぱんに膨らんでいた。

「このまま函館でいいの？」

雅史は訊いた。

「そうよ。ここまで来て引き返すなんて、はんかくさいでしょ」

頷く他はない。いくつもの疑問が喉の奥で溢れかえり、詰まっていた。だが、それを口にするのは憚《はばか》られる。雅史はギアをドライブに入れ、アクセルを踏んだ。

夕方が迫り、国道を行く車の数は増えていた。雲の隙間から時折り西日が射してくると、車内の温度も急激にあがった。美穂はコートを着たままだった。コートの下のセーターも血で汚れているのだろうか。

苫小牧へ帰ろうという気も、警察へ行こうという気も、不思議と湧《わ》いてこなかった。美穂は函館へ行きたがっている。なら、連れていくだけだ。帰りはひとりだろうという思いが強い。美穂が苫小牧に戻りたがるわけはない。それでも、かまわなかった。

長万部の街を右に見ながら、ステップワゴンは時速八十キロをキープしたまま車の流れに乗っていた。国道の名称も三七号から五号に変わっていた。五号線はこのまま海沿いに南下を続け、森町《もりまち》で渡島《おしま》半島の内陸部に切れ込んでいく。はるか前方に望む渡島半島は分厚い雲に覆われて、惰眠を貪《むさぼ》る巨大生物のようだった。雪が降っているところもあるのだろう。気温がじりじりと下がっていくのが車に乗っていてもわかった。

「ガソリンスタンドの店員以外になりたいものないの？」

美穂はまたＣＤを物色していた。雅史はＣＤデッキをオンにした。ラジオよりは百倍ましだ。

「中坊ん時から、サッカー選手になることしか考えてこなかったからさ……突然、サッカーはだめだって言われて、あとはなにも考えられないまんま」

「サッカーのコーチとか監督は？」

「もう、サッカーのことは忘れたいんだ」

「じゃあ、なりたいものはなんにもないんだ」

「美穂さんの彼氏」

返事はなかった。美穂はＣＤケースからＣＤを抜き、デッキに入っているものと差し替えた。

スピーカーから流れてきたのは悲しげな音色のギターと、ブルース・スプリングスティーンのひしゃげた声だった。公道レースに青春を賭《か》け、やがて年老いていく男を歌った曲だった。

「わたし、この曲大好き」

美穂の顔が輝いた。流れてくるメロディに合わせてハミングしている。

「かなり古い曲だぜ、これ。友田さんに聴かされたの？」

美穂は首を振った。

「うちにアナログのレコードがあるの。パパ、好きだったんだって。昔は車改造して乗り回してたって。なのに、わたしが暴走族と付き合うと、怒るんだ」美穂は乾いた笑いを放った。「でもさ、この曲聴くと、そんなもんかなあって納得できて」

誰《だれ》も彼も、似たようなものだった。雅史も、スプリングスティーンの歌はかつて暴走族だった先輩の家で聴かされた。ブルースはアメリカ人だけど、これはおれたちの歌なんだ——先輩は目を潤ませてそう言っていた。

今夜、道は閉鎖される。公道レースが行われるんだ。

スプリングスティーンが歌う——物語る男は六九年型の改造シボレーに乗って、年老いても公道レースに挑む。

それしかないのだ。情熱を燃やせるものが、のめり込めるものがそれしかない。アメリカの片田舎でも、北海道の苫小牧でも、同じだった。未来は無限に開いていて、同時に無限に閉じている。二十年先、三十年先の自分が簡単に想像できてしまう。

「函館に着いたら、どこに行けばいい？」

美穂はハミングしながら首を振ってリズムを取っていた。

「函館山。夜景が見たいんだ」

やはり、待っている友達などはいないのだ。

「函館山の夜景か……おれたち、ますます彼氏と彼女みたいだ」

「なってもいいよ。雅史、優しいから」

「マジで？」

「でも、すぐには無理だけど……」

美穂は俯いた。前方には雪を被った駒ヶ岳《こまがたけ》が見えている。美しい輪郭が薄暮に溶け込んで蜃気楼《しんきろう》のように揺らめいていた。夜が世界を支配しつつあった。

「なんで？　なんですぐは無理なんだよ？」

雅史は敢《あ》えて訊いた。

「大人にはいろいろ理由があるんだよ」

「ひとつ違うだけじゃねえか……そういえば、お互いの携帯、静かじゃねえ？」

雅史の携帯は料金が払えず、とうの昔に解約させられていた。だが、美穂の携帯が沈黙を守っているというのは不自然だった。今時の女は、携帯で世界と繋《つな》がっている。

「バッテリ切れ。後で充電しておかなきゃ」

明らかな嘘を、美穂は悲しい微笑みでくるんで吐き出した。

言葉が続かない。雅史はヘッドライトを点けた。この先、国道五号は駒ヶ岳の南西を回って、大沼《おおぬま》の脇を抜けていく。大沼を過ぎるころには、世界は闇《やみ》に飲み込まれているだろう。

7

駒ヶ岳を通り過ぎたころから、目に入る光は対向車のヘッドライトだけになった。光条の中に、雪とも霙《みぞれ》ともつかないものが浮かびあがっている。道路は濡れて黒々とした光沢を放っていた。駒ヶ岳の南西の麓《ふもと》を駆け抜けると、夜の底に沈む大沼が左手に広がった。

「大沼、見られなかったね。支笏湖も洞爺湖も見たから、大沼もちゃんと見たかったのに」

「帰る時に見ればいいさ。寄ってやるから」

美穂の思いには気づかないふりをして、雅史は言った。美穂は函館から連絡船に乗るつもりなのだろうか。警察の手から逃げるつもりなのだろうか。だが、どこに逃げるというのだろう。

赤色灯が見えた。対向車線をこちらに向かってくる。サイレンの音は風に掻き乱されて聞こえなかった。助手席で、美穂が身体を強張らせるのがわかった。

「救急車かな？」

雅史は美穂の気を紛らわせてやりたかった。せっかくの綺麗な顔が、老婆《ろうば》のように皺《しわ》くちゃになって歪《ゆが》んでいる。

「救急車？」

「多分」

対向車がスピードを落とし、路肩に寄っていく。空いたスペースに白い救急車が顔を覗かせ、瞬《また》く間に走りすぎていった。

「ほらね。救急車だ」

美穂が座り直している。こめかみに浮かんだ汗が対向車のヘッドライトを受けて光っていた。

「昔、お婆《ばあ》ちゃんが函館に住んでたんだよ」美穂が言った。「わたしが中学一年の時に死んじゃったけど……それまでは毎年、お盆と正月に函館に来てたの。夜になると、家族みんなで函館山に登って、夜景を見た」

懐かしい思い出を呼び覚まして、さっきまでの緊張を解きほぐそうとしているのだろうか。考えてもわからない。そういう時は流れに身を任せるのだ。サッカーの時はそれでうまくいった。

「おれは見たことないな。函館は何度か来てるけど」

「蟹《かに》とイカばっかり食べてたんでしょ。あんたら体育会の男って、馬鹿みたいに食べるから」

「そんなことねえよ」

ヘッドライトに浮かびあがる影は、もうはっきりと雪だと認識できるようになっていた。温度が高いから、湿って重いぼた雪だった。冬が来る。長く過酷な冬がやってくる。そう考えるだけで、簡単に憂鬱《ゆううつ》な気分になれる。

もう北海道の冬は嫌だ。そう言って、沖縄に行った従兄弟《いとこ》がいた。その従兄弟は二年後には北海道に戻ってきた。どこでも一緒だ──彼は呟いた。冬に閉ざされた場所でも、常夏の場所でも、なんにも違いはない。未来は無限に開き、無限に閉じている。

「どうしてわかったの？　染みのせい？」

美穂の手がシフトレバーに乗せた雅史の左手に重ねられた。美穂の手は氷のように冷たかった。

「わかったって、なにが？」

「さっきの救急車。わたしのために救急車だって言ってくれたんでしょ？」

しらばっくれることはできた。だが、美穂がなにかを望んでいる。

「さっき、コンビニで美穂さん待ってる時、ラジオをつけたんだ。したら……」

「そう……」

美穂の手が離れていく。心に張りついていたなにかを剝《は》ぎ取られたような気がした。

「なんで？」

意を決して、雅史は訊いた。答えが返ってこなくてもいい。ただ、ここで口をつぐむのはいいことではないような気がした。

「お風呂《ふろ》入ってたんだよ。朝風呂。お風呂出て、着替えようとしてたら、そうしたら、琢磨が急に入ってきて……裸で、ちんちん勃《た》ってた。右手にナイフ。やらせろだって」

美穂の声は乾いて、まるで干上がった沼のようだった。

「前から様子がおかしいのは知ってたんだ。毎晩遅くまで勉強してさ、目、血走らせて。時々、わたしの部屋覗いたり、留守中に忍び込んだり。パンツとブラも少しなくなってるし……」

なにか冗談を言おうと思った。だが、口はぴくりとも動かず、喉《のど》が震えるだけだった。

「気持ち悪かったけどさ。ストレス溜《た》まってるんだろうと思って我慢してたんだよ。パパもママも、琢磨が東大に行くこと、夢みたいに話してたし。あと少し我慢すれば、あいつ、東京に行くんだし」

暗闇の向こうに、函館の街明かりが見えていた。視界の下の隅の方から、湯気のようにおぼろな光が現れ、次第に明確な光の塊として形を成していく。夜の砂漠に忽然《こつぜん》と出現したオアシスのようだった。

「上はセーター着てたけど、下はパンツだけ。そんな格好でナイフで脅されて、あいつの部屋に連れていかされて、ちんちん、舐《な》めさせられた。馬鹿みたい。すぐに射精したんだよ、琢磨。わたしの顔に――」

美穂は唇を噛んでいた。歯が滲んだ血で染まっている。目が吊《つ》り上がって、頬が痙攣《けいれん》していた。踏みつけられ、歪んでしまった人形の横顔のようだった。地獄を見たら、人はこんな形相を浮かべるのかもしれない。

「それでもやめようとしなかった。わたしのオッパイ揉《も》んで、パンツの中に……」

「もういいよ！」

雅史は弾《はじ》かれたように叫んだ。家庭内暴力、近親相姦《そうかん》。テレビのニュースで垂れ流される悲惨な事件は他人事《ひとごと》だった。身の回りで起きているとは、想像したこともなかった。

「あいつ、やることに夢中で、ナイフ手放してた。馬鹿だよ。勉強、だれよりもできるくせに、馬鹿なんだから」

美穂の唇は破れ、血が顎を伝っていた。雅史はハザードランプを点け、路肩に車を停めた。

「刺したら、お姉ちゃん、なんで、だって。なんでじゃねえよ。そうでしょう、雅史？」

腕を伸ばし、美穂を抱きしめた。美穂は震えていた。激しく震えていた。

「大丈夫だよ、大丈夫」

それしか言葉が出てこなかった。

「なんでだよ？」

美穂には雅史の声は届いていなかった。震えながら、叫ぶように話し続ける。

「友田だってさ、雅史だってさ、馬鹿だけど優しいじゃない。ワルだけど、本当に酷《ひど》いことしないじゃない。なのに、なんで琢磨みたいなのがいるの？　なんで、勉強できるのに、人の心を無くしちゃうの？　わたしの弟なんだよ。血を分けた姉弟《きょうだい》なんだよ。なんであんなことできるの？　なんであれが弟なの？」

「大丈夫。大丈夫だから。大丈夫」

雅史は美穂の背中を撫でた。赤ん坊にするように、ゆっくり、優しく撫で続けた。美穂がしたこと、美穂がされたことへの恐怖や嫌悪はなかった。ただ、美穂に大丈夫なのだと伝えたかった。どこにいても同じなのだ。未来は無限に開き、無限に閉じている。だから、自分を責めなくても大丈夫なのだと教えてやりたかった。

いつの間にか、美穂は口を閉じていた。雅史の肩に顔を埋め、泣き続けている。大丈夫、大丈夫――美穂の背中を撫でながら、雅史は窓の外を見た。ヘッドライトが間断なく行き交い、ぼた雪が浮かびあがっては消え、また浮かびあがる。雪は強くも弱くもならず、淡々と降っていた。

昨日も雪は降っていた。今日も雪は降っている。明日も雪は降るだろう。

美穂の激しい震えを感じながら、ぼんやりとそんなことを考えた。

どれぐらい、抱き合っていたのかはわからない。ふいに、美穂が吐息のような声を出した。

「ごめんね。こんなことに巻き込んでごめんね」

「おれはいいって。気にしなくて」

「ひとりでどこかに行くつもりだったんだよ。でも、途中で、雅史見つけて、そしたら、ひとりが急に怖くなって」

「大丈夫。大丈夫だから」

雅史は美穂の顔を覗き込んだ。せっかくコンビニで直した化粧も、すっかり崩れていた。唇の血はまだ流れ続けていた。蒼白《そうはく》な顔と鮮血は、まるで吸血鬼のようだった。

顔を近づけると、美穂は目を閉じた。優しく唇を押しつけた。美穂の口は血の味がした。舌は入れなかった。そういうことでキスしたのではない。大丈夫――そう伝えたかっただけだ。

「ありがとう」

美穂が言った。

「いいよ。おれ、ハンカチとか持ってないから、代わりに、血、舐めてやった」

美穂は笑わなかった。無言でハンドバッグからハンカチを出し、唇の血を拭いた。

「そうだ」

雅史はグローブボックスを開けた。中に携帯用の灰皿がある。それを開け、半分ほど吸った吸いさしを指先で摘《つま》んだ。

「これ、吸ってみれば」

「わたし、煙草は吸わない」

消え入りそうな声が返ってきた。雅史は首を振った。

「違う。これ、葉っぱ。一回で吸うの勿体《もったい》ないから、取っておいたんだ。吸うとさ、ハイになって悲しいこと忘れられる」

美穂は瞬《まばた》きを繰り返した。雅史の差し出した大麻をおそるおそる手に取った。

「弟殺したくせに、今さら葉っぱやったってなにも変わらないよね」

「そう。なんにも変わらない」

ジャージのポケットから使い捨てライターを引っ張り出し、火を点けた。美穂が顔を寄せてきて、大麻の先端を炎に当てた。ちりちりと音がして、大麻の匂《にお》いが車中に充満した。一口吸った美穂が、大麻を雅史に渡した。煙を肺一杯に吸い込む。やがて、強張っていた美穂の顔が緩みはじめた。

じんとした痺れが脳天から爪先《つまさき》にゆっくり広がっていった。視界に膜がかかったようになり、聴覚が鋭敏になっていく。

「琢磨、包茎だったんだよ」

美穂が言った。雅史は吹き出した。ふたりで代わる代わる大麻を吸いながら、笑い続けた。

8

カーナビに従って走っていると北斗市《ほくと》という標識が見えた。函館周辺の町が合併してできた新しい市だ。時刻はすでに七時を回っていた。大麻の酔いが消えるのを待っている間に、雪はやんでしまった。

交通量が桁違《けた》いに増えていた。片側三車線の道も、車で埋め尽くされている。溶けた雪で濡れた路面が、鏡のように街灯を反射させている。スピーカーから流れているのはまだ、スプリングスティーンだった。美穂は公道レースの曲をリプレイで繰り返し聴いていた。

「夜景見たら、わたし、自首する」

曲が終わると、美穂は言った。

「函館から船に乗って逃げようと思ってたんだ。でも、どこに逃げても一緒だもん」

「おれも一緒に逃げようか？」

「馬鹿言わないの」

姉のような口調だった。大麻に酔っていた時の底抜けの陽気さは消えていたが、弟を殺したと告白した時の悲壮さ、悲しさもない。

美穂は大麻を吸って、トンネルを抜けたのだ。

「おれ、待ってるよ。美穂さんのこと、待ってる」

「そんなこと言って……死刑になるかもしれないよ」

「ならないよ」

「だとしても、刑務所から出てくるの、何十年も先。雅史、絶対他の子と付き合って、結婚して、子供もできてる」

「待ってるから」

雅史は呪文《じゅもん》のように繰り返した。美穂が笑った。

「雅史、雅史じゃないみたい。前はもっと子供っぽかったのに」

「待ってる」

美穂は身を乗り出してきて、雅史の頬に唇を押しつけた。

「嬉《うれ》しいよ、雅史。嘘でもそう言ってくれるの」

「嘘じゃないよ」

嘘なのだ。約束にならない約束をしようとしている。それがわかっていてなお、そう言わずにいられなかった。

「じゃあ、自首する前に、本当の恋人同士にならなくちゃ。夜景を見てからっていうのは撤回。夜景を見て、雅史とどこかに泊まって、明日の朝、自首する」

「本当に？」

「刑務所に入る前に、最後に口に入れたおちんちん、弟のだって最悪じゃない」

「そんな理由かよ」

美穂はまた笑った。雅史は苦笑いを浮かべた。車はゆっくり進んでいく。途中までの時速八十キロの流れに慣れていた身には、ミミズが地面を這っているように感じられた。

「嘘だよ。雅史の、いっぱい舐めたい。刑務所に行っても忘れられないぐらい、いっぱい舐めてほしい」

美穂の口調が変わった。聞いているだけでとろけてしまいそうなほど甘い声だった。

股間が熱くなっていく。

「夜景は明日にして、ホテル入ろう」

「明日、自首するんだよ。もうちょっと我慢して」

腕を伸ばし、美穂を抱き寄せた。美穂は身体から力を抜き、雅史の左肩に顎を乗せた。コートの上から乳房をまさぐっても、美穂は抗わなかった。

「そんなことしてたら、事故っちゃうよ」

「事故らねえよ」

「ちょっと待って」

美穂がコートを脱いだ。白いセーターの右の肩から左の腹部にかけて、赤い染みが点々と散らばっていた。美穂の手が雅史の手をセーターの中に誘っていく。美穂は温かかった。熱いぐらいに温かかった。指先がブラのワイヤーに触れた。鼓動が速くなるのを感じながら、雅史は右手で強くステアリングを握った。ここで事故を起こすわけにはいかない。

指の力でブラを押し上げ、柔らかい膨らみに触れた。少しずつ、腕を伸ばしていく。窮屈な姿勢だったが、かまいはしなかった。

もう少しで乳首に触れられる――そう感じた瞬間、腕を引かれた。

「ここまで。残りは後で」

「ひでえよ。もう少し。な、いいだろう？」

「だめ」

美穂の声は頑なだった。雅史のペニスは痛いほどに硬くなっていた。

「なんでだよ!?」

「雅史ががっついてるから。優しくしてほしいの」

「優しくするよ」

美穂は微笑んだままだった。車は函館市内に入っていた。百万ドルと謳われた夜景の一部と化して、函館湾沿いの幹線道路を走っている。雪が海風を受けて、横殴りに吹きつけてきていた。函館駅の前を突っ切り、半島の付け根に出れば、函館山はすぐ目の前だ。

信号が黄色く点灯した。股間で猛り狂っている欲情を持て余しながら、雅史はブレーキを乱暴に踏んだ。途端に、タイヤがグリップを失った。ABSが作動し、がりがりという嫌な音と振動がフロアから伝わった。車は滑っている。雅史は慌ててハンドルを切ったが、遅かった。信号待ちで停止していた四駆が目前に迫り、鈍い衝突音がした。

舌打ちが出た。激しい衝突ではない。だが、四駆の運転手は間違いなく車を降りるだろう。慎重に運転しているつもりだったが、気持ちに余裕がなかった。美穂としたい――頭を占めていたのはそれだ。

四駆のドアが開き、運転手がこちらを睨《にら》みつけてきた。三十代の遊び人風の男だった。雅史は頭を下げ、ウィンカーを出した。

「保険、入ってるの？」

美穂の問いかけに首を振った。

「強制だけ」

「なんで入らないのよ」

「金、ないもん」

美穂は溜息をついた。胸を触らせたことを後悔しているに違いなかった。後方からいくつものクラクションが襲いかかってきた。四駆はすでに路肩に停まり、運転手が後ろのバンパーを覗き込んでいる。

「やかましいな」

「せっかくの最後の夜なのに……」

「ばっくれようか」

雅史は呟いた。雅史のステップワゴンが道を塞いでいるため、前方は開けていた。

「いいの？」

「いいさ。美穂さんのためだ」

アクセルを踏んだ。ステップワゴンが加速する。四駆の運転手が気づき、顔を上げた。なにか叫んでいるが、なにも聞こえない。

「ばっか野郎、ちょっとこすっただけじゃねえか」

雅史は叫んだ。サイドミラーに、四駆に飛び乗る男の姿が映っていた。

「そうだ、そうだ！　ちょっとこすっただけだ!!」

美穂が拳《こぶし》を前に突き出した。子供のような笑みが浮かんでいる。雅史も笑った。四駆は車の流れに阻まれて、路肩でクラクションを鳴らしている。

「ばーか」

「ばーか」

雅史と美穂は同時に四駆を罵った。

9

適当に車を走らせ、時間を潰してから再び函館山を目指した。欲情は影をひそめていたが、雅史は視線を左右に走らせた。函館に土地鑑はない。夜景を見た後で美穂と入るホテルを見繕《みつくろ》っていた。

左手は美穂の右手に握られていた。四駆をまいてからの美穂はめっきり無口になり、繰り返されるスプリングスティーンの曲にも反応を示さなくなっていた。

美穂の不安と恐怖が直《じか》に伝わってくるようだった。

「ナイフ、鞄《かばん》の中に入ってるの？」

「ナイフ？」

「その……弟さんを刺したやつ」

「入ってるよ。さっき、コンビニのトイレで洗ったけど。見たい？」

雅史は首を振った。沈黙に耐えきれなかっただけなのだ。ナイフのことを口にしたのも特に深い理由はなかった。

「明日、自首する時、一緒に来てくれる？」

「行くよ」

「嫌じゃないの？」

「美穂はおれの彼女になるんだ。嫌じゃない」

「一晩だけの彼女だよ」

「待ってるから」

雅史の言葉に、美穂は答えなかった。

宝来町《ほうらいちょう》という標識が見えた。右折すると、函館山が眼前に聳《そび》えていた。平日の夜だというのに、思いのほか交通量が多い。車だけではなく、徒歩でうろついている観光客の姿も目立った。ロープウェイで山頂にのぼるつもりなのだろう。美穂とふたり、ひっそりと親密に夜景を見おろすというわけにはいかない。雅史は小さく舌打ちした。

「結構な人だね。こんな日だから、だれもいないのかと思ってたのに」

美穂が独り言のように呟いた。

「どうする?」

「行こう。せっかくここまで来たんだから」

雅史は頷いた。ロープウェイの駅には人だかりができていた。三十分は楽に待たされるだろう。車で山頂を目指した方が楽だし、早い。

ステップワゴンが山腹をのぼる。道はしだいに狭まって、曲がりくねりはじめた。前後に車の姿はない。雅史は首を捻《ひね》った。麓にいた車はどこに消えたのだろう。山頂にいたる道はこれしかないはずだ。

「柔らかかった」

美穂が言った。

「なにが?」

「琢磨のお腹。ナイフ、すっと入っていった。そんなに力入れたつもりなかったのに、気がつくと根元まで刺さってた」

美穂はまた震えはじめていた。乱れた髪が頬に張りついているのにもかまわず、美穂は独り言のように喋《しゃべ》り続けた。

「どうしようと思ったんだよ。琢磨が死んじゃうって。なのに、手が勝手に動くの。何回刺しちゃったんだろう……」

「強姦《ごうかん》されそうになったんだべや。当たり前だよ」

「でも、弟だよ」

「関係ないっていうか、なおさら酷いじゃんか。頭にきて当然だよ」

「そうかな……パパとママ、泣いてるかな」

「大丈夫。おれがついてるから」

頼りにならないことはわかっていた。それでも、頼ってほしかった。美穂の力になれるならなんでもする。そのことをわかってほしかった。だが、美穂の心は遠くをさまよっている。同じ車の中にいて手を繋いでいるのに、美穂は何千光年も彼方《かなた》にいるみたいだった。

遮断機が下りていた。通行止めという看板が目にとまった。雅史は車を停めた。

「なんでだよ？　雪なんか積もってもいないじゃねえか」

美穂がダッシュボードに手をついた。

「十一月になると通行止めなの？」

雅史は首を振った。なにも考えが浮かばない。ここまで来たのに。車でここまで来たのに。車で山頂にのぼるつもりで来たのに。

美穂が車を降りた。遮断機が動かないかどうか、試そうとしている。雅史は後を追った。膝は痛まなかった。

遮断機はしっかりと下りていた。人の力では動きそうもない。

「馬鹿みたいだね、わたしたち」

遮断機を見つめながら、美穂が言った。吐く息が白い。雪が降っている。ゆらゆらと、通行止めであることを知らずにここまでのぼってきた雅史たちを嘲笑《あざわら》うように、雪は落ちてくる。

「そんなことないよ。これぐらいで通行止めなんて、はんかくさい」

「ありがとう」

美穂の声は今にも消えてしまいそうだった。

「そんなこと言うなよ」雅史は美穂を抱き寄せた。「おれなんて、やりたいだけなんだ」

「そんなことないよ。雅史はすごく優しいよ」

キスをした。長く、優しく、思いやりに溢れたキスだった。静かにお互いの舌を求め、絡め合った。美穂の鼓動は速かった。雅史の鼓動も速かった。唇を吸い合いながら、お互いの鼓動を確かめ合っていた。

美穂の唇が離れていった。口紅が剝がれた代わりに、雅史の唾液《だえき》が光っている。美穂は唇を舐めた。雅史の唾液が、雅史の痕跡《こんせき》が綺麗に消えた。

もう一度——抱き寄せたが、美穂は逃げるように雅史の胸に顔を埋めた。

「……怖いよ」

美穂の呟きは、山頂から吹き下ろしてきた風に運ばれて、儚《はかな》く消えた。

雅史は震え続ける華奢な背中を、子供をあやすように撫で続けた。

エッセイ

旅すれば　乳濃いし

原田マハ

いつも旅をしている。

気がつけば、自宅がある町ではないところを歩いている。ひとりのときもあるし、気の合う仲間と連れ立っているときもある。最近は、取材がてら編集者とともにうろちょろしていることも多い。いずれにしても、今日もまた、旅をしている。

いつしか、自称「フーテンのマハ」。

編集者からのメールの枕詞《まくらことば》は「今日はどちらにいらっしゃいますか」。母などは、私がいつも自宅にいないことをすでにあきらめており、「あんたはフーテンだからね……」と、いくつになってもいっこうに落ち着かないムスメなのだと自分に言い聞かせるように、ときどきつぶやいている。定着してみると「フーテン」と名乗るのは、ある意味、私を自由気ままにさせてくれているようにも思う。

旅の目的はさまざまだ。たとえば、美術館のある街へ行く、というのは、キュレーター時代の名残なのだが、私にとって、アートは「友だち」であり、美術館は「友だちの家」。だから、世界中どこへ行っても、その街に美術館があれば、さびしいことはない。「元気?」と友だちに会いにいく感覚で、ふらりと訪ねられる。アートという人生の友をもつことができて、ほんとうによかったとつくづく思う。

また、別の目的として、筆頭に挙げられるのは、グルメ。やっぱり、おいしいものは人を駆り立てる。おいしいものがあるところへは、何はさておき出かけていきたくなる。それが人情というものである。

さて、「小説すばる」(二〇一四年九月号)北海道特集で、北海道を旅して紀行文(つまりこれ)を書くことになった。「北海道に行くということで、テーマはご自由に設定していただいて結構です」という、ありがたくもうれしいもの。私は、過去に何度も北海道を旅して、北海道各地を舞台に小説も書いてきた。それどころか、人生において次に進むべき道を模索して悩んでいたとき、悩んで悩んで悩み抜いて、誰かに「どうしたらいい?」と訊《き》いてみたくて、真冬の釧路《くしろ》・鶴居村《つるいむら》までひとり旅して、雪原で舞い踊るタンチョウヅルに向かって「このまま進んでもいいかな?」と問いかけたところ、クアー!　とリアルな鶴のひと声を得、よしじゃあ進んでいこうと決意し、結局作家になった——という運命の土地なのである(以上、事実)。

見どころも多いし、食べものもおいしい。人生の進路はもう鶴のひと声で決まったあとだし、今度行くならやっぱりアートかグルメを堪能《たんのう》したいものだ、ということで、担当編集女子のK原さんに行き先をお任せした。しばらくして、いくつかのテーマと候補が挙がってきた。その中で目を引いたのが「乳製品の旅」であった。

なんのことはない、北海道が誇る乳製品の数々を食べ歩く——というだけの旅である。いや、しかし、ちょっと待て。いまだかつて「乳製品」が旅の目的になったことがあっただろうか。シルクロードの旅ってのはあったが、ミルキーロードの旅ってのは前代未聞だ。国別対抗で「フレンチ」「イタリアン」「中華」グルメの旅とか、「そば打ち&試食」とか「ラーメン食べくらべ」とか「獲《と》れとれ海鮮づくし」とか「かにカニエクスプレス」とかならばアリだ。が、しかし……乳製品を追い求めてさすらう旅とは、なんとも新鮮で奥が深そうじゃないか。

しかも北海道。日本が誇る乳製品王国である。

さらに私はとてつもなく乳製品が好きだ。どのくらい好きかというと、鍋の中では豆乳鍋がダントツで好きなほどだ。って豆乳は乳製品じゃなかった。ま、とにかく。

できるだけ濃い、乳の旅をしてみたい。

ということで、行き先は札幌《さっぽろ》と帯広《おびひろ》に決定。乳を求めて三千里、北海道へと私たちは飛んだ。

乳の陣1stラウンド、札幌に到着。

K原さん情報によると、何やら一生分の乳製品のスイーツを食べられるスポットが札幌駅にほど近い場所にあるらしい。その名を「大通ビッセ」という。

「一生分て、何をおおげさな……」とツッコむ気満々でやってきたオフィスビル一階のそのスポットには、北海道を代表する乳製品メーカーや菓子店がずらりと並んでいる。平日の正午、ランチ代わりに乳製品を食べて食べて食べまくる気満々の札幌マダムたちが優雅に群れている。いや、いちおうピザとかしょっぱい系もあるので、何も甘あまな乳ランチというわけではないのだろうけど。

が、私とK原さんには、これから三日間「乳攻め」というミッションが課せられている。乳を攻めて攻めて攻めまくるのだ。ゆえにここでは甘あま乳ランチを甘受しようではないか。

ということで、私たちのテーブルに運ばれてきた、北海道乳界を代表する乳製品の数々。

エントリー#1　オムパフェ（オムレット生地のケーキ）と極上牛乳ソフト　洋菓子きのとや

エントリー#2　飲むヨーグルト　Bocca

エントリー#3　プレーンドーナツといちごのヨーグルトレアチーズ　町村《まちむら》農場

エントリー#4　クリームぜんざい　小樽《おたる》あまとう

ってこれぜんぶいっぺんに食べるんかいな!?　と、いきなり戦々恐々としてしまうレベルの乳てんこ盛りである。

実は私、ここのところ年齢のせいかすっかり胃が小さくなり、脂肪分の多いものをいっぺんに食べるとたちまち具合が悪くなってしまうという弱点を抱えていた。だったら乳の旅なんかするな、という話なのだが、それは置いといて。

一気に食べると確実にヤラれてしまう。そこで私たちは戦略を練った。とにかく私がひと口食べ、残りは二十代で食欲旺盛なのに超スリムでうらやましいK原さんが食べる――という二段構えでいこうじゃないか。って戦略というほどのこともないんですが。

で、まずはひと口ずつ、ぱくんといってみる。して、その感想は――。

――濃い。

と、そのひと言に尽きる。

が、濃いは、深い。濃いは、薄くない。つまり、濃いはうまいのだ。どのスイーツも、濃く、うまかった。はずれがなかった。ひとつくらいはずれがあってもよさそうなものだが、驚くべきことにまったくはずれがなかった。それが事実であるのは、K原さんが全スイーツを完食したことを見ても明らかであろう。ってどんだけ強靭《きょうじん》な胃の持ち主なんだ、K原さん。

さて次なる札幌・乳の陣は、「雪印メグミルク工場」である。子供の頃からお世話になっている、あの牛乳やあのバターを作り出している乳製品の実家とも呼べる場所である。

ここでは二〇〇㎖の牛乳七十万個を日産する工場施設の一部を見学できるのと、いかにしてバターやチーズなどの乳製品が作られるのか、その歴史とプロセスを体系的にかつわかりやすく知ることができる博物館的施設「酪農と乳《にゅう》の歴史館」がある。さらにはここで作られた製品を試食できるうえに、歴史館の館長はとても親切で、ガイド嬢は制服姿がとてもかわいい。すべてひっくるめて、わざわざ行く価値がある、すぐれた乳スポットだ。

歴史館も工場も興味深かったが、もっとも「え!」と目を見張ったのは、工場内に神社があったことである。その名も「勝源《かつげん》神社」。北海道民以外の読者には、新種のカツ丼を祀《まつ》っているのかと誤解されそうだが、いやいやここは雪印メグミルク工場、乳製品以外は作りません、まさかカツ丼なんて……そう、「カツゲン」とは、北海道民のソウル・ドリンク(館長談)。五十年以上もまえからここで作られている乳酸菌飲料の名前なのだ。その由来は定かではないが、おそらく「活力の源」からきているのではないか

（館長談）。

それを神社に祀っているとは、なんかもう、ものっすごく、飲んだら元気になりそうな気がする。滞在中にコンビニで買って飲もうと決意しつつ、乳の実家を後にした。

乳の陣、場所を帯広に移そう。

札幌から特急スーパーおおぞらで約二時間半、帯広に到着した。北海道随一の酪農王国である。

実は私、帯広は四度目である。かなりのリピーターである。なぜかといえば、帯広には、かの「六花亭《ろっかてい》」が存在しているからである。

六花亭といえば、ご存じの方も多いだろうが、あの銘菓「マルセイバターサンド」を生み出した、北海道を代表する菓子メーカーである。ほかにも、フリーズドライイチゴをチョコレートでコーティングした「ストロベリーチョコ」や、ちょっとビターなココアビスケットでホワイトチョコをはさんだ「雪やこんこ」など、印象的な製品が多い。夏には季節限定、六花亭の農園で収穫した生ブルーベリーにホワイトチョコをコーティングした「大地の滴《しずく》」という超レアなスイーツも登場する。これがまたフレッシュで、甘酸っぱくて感動的な、乳meetsフルーツの傑作である。同社の商品の最大の特徴は、一度食べたら忘れられない、というユニークさ。すばらしいアートワークに遭遇したときの感じにちょっと似ている。いや、ほんとに、おおげさでなく。

かつ、注目すべきは製品のグラフィックである。ふきのとうの絵が描かれているホワイトチョコの包み紙は、シンプルだけれどとても美しい。そして、やはり一度見たら忘れられない個性を持っている。私は、岡山に住んでいた中学生の頃、バレンタインデー直前にこのホワイトチョコを岡山市内のどこかでみつけて、お小遣いで購入、当時大ファンだった「詩とメルヘン」（やなせたかし先生編集の伝説の詩画マガジン）の常連イラストレーターだったとある先生に、編集部気付で贈った――という、気恥ずかしくも忘れがたい思い出がある。ちなみにこの先生からはイラスト入りのはがきで返信をいただき、狂喜乱舞した。そんなこともあって、ホワイトチョコのグラフィックは私の記憶にしっかりと刷り込まれているのだが、それ以外の商品のデザインも、素朴な中にアーティスティックな要素がさりげなく盛り込まれ、どれも手に取りたい衝動にかられるものばかりだ。

私は、もうこのさいだからはっきり書いてしまうが、この六花亭が好きなのである。好きで好きでたまらないのである。どのくらい好きかと言えば、あまたある六花亭の商品のすべてを試してみたいという野望のもとに現時点で七割くらい達成している、というほどである。

そんなわけで乳の陣・決勝ラウンドは、迷わず六花亭にお邪魔した。もちろん乳を味わうという本来の旅の目的はあったが、私を中学時代から魅了してきた商品の秘密に迫りたい、という本音があった。

帯広駅にほど近い立地にある六花亭の本店は、大変瀟洒《しょうしゃ》な佇《たたず》まいで、一階が店舗、二階がサロン（喫茶室）になっており、喫茶室内にもアートが展示されている。商品構成も含めて、全体が絶妙にセンスよく、いったいこのセンスのすばらしさはどこからくるのかと、過去に三度訪れて、不思議に思っていた。

六花亭はまた、「六花の森」と「中札内《なかさつない》美術村」という、アート施設が点在する「アートガーデン」を運営している。派手な宣伝をいっさいしていないので、ひょっとするとあまり知られていないかもしれないのだが、私は三年まえに帯広を二度目に訪問したとき、この美術村にいたく感激した。広大な森の中に、移築した歴史的建造物（そのうちのひとつは帯広市内にあった築八十年を超える銭湯である）が点在していて、それらは美術館や展示室やレストランになっている。訪問者は、森を散策しながら、各施設を訪ねる――という演出が、なんとも心憎い。もちろん、最後に訪ねるレストランでは、存分に六花亭の製品――濃い乳系スイーツを含む――を堪能できる。

乳がうまいばかりでなく、このようにしゃれていて、しかもアートに深い関心を寄せ、かつそれが押し付けがましくない六花亭とは、いったいどういう企業なのか？　という謎を解く鍵を握っていたのは、社長（当時）の小田豊《おだゆたか》さんであった。

六花亭は一九三三年創業、小田さんは二代目社長である。マルセイバターサンドは、父上である初代の発案で作られたそうだが、小田さんは六花亭の商品を発展的に増やし、グラフィックにも店舗作りにもこだわってきた。さらにはアーティストを支援し、また市民のためにアート施設を開設したいと、「アートガーデン」を設立した。建造物の移築などということをやってのけたのも、小田さんのアイデアである。「僕はアートはわからないけど、建築が好きなので……」とおっしゃっていたが、なんのなんの、すばらしい文化パトロンであり、卓越したセンスの持ち主なのである。

小田さんのすぐれたセンスの源流は、どこにあるのでしょうか？　という私の直球の質問に、小田さんはひと言で答えてくださった。

「茶道をやっています」

とてもシンプルで、かつ納得のいくものだった。そう、六花亭のすばらしいところは、すべて「引き算」であること。あれもこれもと重ねたくなるディスプレイやグラフィックを、無駄を排除してシンプルに際立たせる。その美学を徹底しているのだ。そうであったか、とこれにはうならされた。利休の茶室に招かれた秀吉もかくあっただろうと。っておおげさですみません。

濃い乳を求めて濃茶にいきついてしまった。もちろん、六花亭のサロンでいただいた季節限定の「六花氷」の美味は、筆舌に尽くしがたかった。練乳と牛乳を凍らせた、さくさくのかき氷。果肉たっぷりのイチゴソース。まさしく乳の旅のハイライトにふさわしい逸品であった。

ところで、乳製品は甘いものばかりではない。しょっぱい系乳——つまり、チーズがある。そこのところを忘れてもらっちゃ困る。実は私は無類のチーズ好きで、かつてパリに長期滞在したときは、毎日毎日、朝昼晩、チーズを食べ続けた。臭いのつよいチーズにハマり、パリから帰国するとき、「世界一臭いチーズ」として有名なエピキュアチーズをスーツケースに詰めて、一緒に詰めた服に香り……じゃなくて臭みが移り、しばらく難儀した——というくらい、チーズ好きなのである。

帯広の旅の最後に、「さらべつチーズ工房」を訪ねた。できたてのチーズを使った絶品ピザを食せるレストランもある工房で、工房を運営する野矢《のや》さんに、きーんと冷えたチーズ貯蔵庫をご案内いただいた。なんでも野矢さんは、もともと酪農家だったのだが、あるときダイコン農家に転身した。ところが農家になったあと、通りすがりの美牛を見かけて「元カノに会っちゃった気分」になり、思いを断ち切れずにチーズ作りを始めたという。いやあ、これぞ乳ロマン。野矢さんの作り出すチーズは、かすかに甘く、すっぱく、ピリリと舌を刺激する、まさに恋の妙味がちりばめられた絶品なのだった。

そして、最後の最後に「カツゲン」。忘れずに飲みました。ほんのり甘酸っぱい乳酸菌が生きた味。やはり濃い乳、うまい乳であった。

小説

四月の風見鶏

渡辺淳一

一

毎年、四月の初めになると、私はかすかな不安に襲われる。

それは特別心配ごととか、不安といったはっきりしたものではない。ただなんとなく、こんなことをしていていいのかなあといった、漠然とした焦りのようなものである。

この心のざわめきは、ある時突然、なんの予告もなしに現われてくる。それはたとえば花曇りの午後、静まりかえった屋敷町の石塀に沿って歩いている時とか、南風が頬をかすめていく夜更けのこともある。

こんな時、私は無意識に、「どうしよう」とか、「帰ろうか」などとつぶやいている自分に気がついて驚く。

自分の横に、もう一人の自分が歩いているような錯覚にとらわれるのである。

鬱病ならともかく、そうでもない私が、花時の薄曇りのなかで、こんな不安にとらわれるのは奇妙である。皆が花に誘われ、浮かれ歩く季節に、一人だけ理由もない不安にかられるのは、精神の衛生にもよろしくない。

だがそうは思いながら、一方で、私はこの心のざわめきを楽しみ、懐かしんでいるようなところもある。

「また出てきたのか」と声をかけ、「今年はいつごろまで続くんだい？」と、自問自答する。

いつのまにか、四月の不安が私の季節感になり、友達になっているのである。

考えてみると、この心のざわめきがはっきり私に訪れるようになってから、もうかれこれ五、六年にもなろうか。

それがきまって花曇りの四月に訪れるのは、一つの理由からではないのかもしれない。小学校の時から何度となく迎えた新しい学級への不安、国家試験を控えた焦り、医局に入る時の怯《おび》えなど、さまざまなものがまじっているのかもしれない。だがそれ以上にはっきりしていることは、この季節に、私が三十数年間、住んでいた札幌《さっぽろ》を離れて、東京へ出てきたという事実である。

この時、私は長年勤めていた大学病院をやめて、単身で東京に出てきた。

もちろん、どこに勤めて、どうやって食べていくという当てもなかった。

東京は学生時代から幾度か来て、インターンの時に一年間もいたのだからまったく未知の土地とはいえないが、ここで住み、生活していくという実感には乏しかった。いつも来てすぐ帰るという旅人の眼《め》でしか、東京を見ていなかった。

それが今度だけは、ここに根をおろそうと思ったのである。はたして、小説など書いて食べていけるのか。皆目わからぬまま、ともかくここに住むより仕方がないと、覚悟をきめてきたのである。

故郷を捨てて、とか、雄志を抱いて、というのにはほど遠い、なんとなく行きがかり上、札幌にいたたまれず、東京へ出てくることになったまでのことである。

その時、私はすでに三十の半ばであった。

自分では納得していたつもりが、いざとなると怖気《おじけ》づいていた。

「これでいいのかなあ」という悔いと、「どうなるのだろう」という不安があった。

それが四月の花曇りのなかで揺れていた。

いまに残る四月の不安は、おそらくこの時の私の焦りと無縁ではありえない。

私が札幌を出るときめた時、周りの者がみな不思議がり、反対したのも無理はない。間違いなく、それは私自身にとっても突飛なことであったのだ。

そのころ、私は札幌医科大学の整形外科の医師だった。すでに学位をとり、講師であったから、三十半ばにしては順調なほうだった。

あまり勉強もせず、怠け者だった私が、若くしてそんな地位につけたのは、優秀な先輩が医局を出たという幸運があったうえに、主任教授のK先生が、私をかいかぶってくれたからかもしれない。

このK先生は詩人で、金子光晴氏の高弟でもあった。すでに全国的にも名がとおり、札幌オリンピック讃歌《さんか》、「虹と雪のバラード」の作詞者でもある。

私がこの先生の教室に入ったのには、特別の理由はない。

ただ、強いてあげれば、私は生来音痴で、歌うほうにはもちろん、聴くほうも自信がなかったので、聴診器をあまり必要としない科に行きたいと思ったのである。

そう考えると、まず外科系で、それなら詩人のK先生のところということになったのである。

「あの先生の下でなら、たまに小説ぐらい書いても文句はいわれないだろう」

そんな気軽な気持から整形外科に入ったのだが、結果はほぼ私の予想どおりであった。

K先生は私が「くりま」という同人雑誌に入り、ごくたまに小説を書いているらしいことは知っていたようだが、それについてはなにもいわなかった。

それより、自分の主宰されている「核」という雑誌を時たまくださって、「合評会があるから来てみないか」と誘ってくれた。

私は出席してみたい気持はあったのだが、どうにも詩は苦手であった。一度、校友会雑誌に変名で詩を発表したことがあったが、それはいまみても、つまらないものである。

ともかく、こうして整形外科の医師になったのだが、入局して六年経《た》った四十年の末に、私の「死化粧」という短篇《たんぺん》が新潮同人雑誌賞を受け、それが芥川賞の候補になるという事件が起きた。

まったくこれは事件というのにふさわしかった。

この作品は「くりま」に私が三作目に発表したものだが、仲間が、「駄目でもともとだから、出すだけ出してみたら」といわれて応募したものである。

それが賞を受け、芥川賞候補になったのである。私自身、まるで狐《きつね》につまれたような気持だった。

新潮同人雑誌賞のほうはともかく、芥川賞については医局の連中も知っていた。

私がその賞の候補になったときくと、同期の一人が、

「へえ、芥川賞ってのはずいぶん簡単なものなんだなあ」といった。

実際には候補で、まだ賞はもらっていないのだが、たしかにそんな実感は私の周りの人達だけでなく、私自身にもあった。

結果はみんなの予想どおり落っこちた。

しかしそれにしてもあの時落選したのはよかったのか悪かったのか、あの時もし入っていたら、いまのような作家生活を続けていなかったことだけはほぼ推測がつく。

正直いって、そのころの私はまだ作家になるつもりはなかった。ところで小説のほうはそれから二年の間、中央の雑誌に二作ほど発表し、それらは妙に確率がよく、二作とも直木賞の候補になったが、ともに落選した。でもそんなおかげで、私には時たま東京の雑誌社から電話で小説の注文があった。もっともそれは、はっきりした締切りはなく、新人に対してどの編集者もいうであろう「いいものが書けたら送ってください」といった程度のものだった。

こんな状態だったから、私はまだまだ作家で食べていくなどという自信はなかった。医者のかたわら、年に一度ぐらい短篇を書くのが精一杯だと思っていた。やはり、私がはっきりと作家で生きていくことを考えたのは、あの心臓移植という事件があってからである。

いや、その時も、私自身はまだそう心に決めていたわけではなかった。ただなんとなく、そうでもするより仕方がないな、と思ったまでのことである。

とにかくあの事件がなかったら、私はいまでも、北海道で医者をやっていたに違いない。

二

私の母校、札幌医大で心臓移植手術がおこなわれたのは、昭和四十三年の八月七日であった。

執刀者はいうまでもなく胸部外科の和田寿郎《じゆろう》教授である。

「札幌医大で全国初の心臓移植おこなわれる」の第一報は、札幌から全国へ、そして全世界に拡《ひろ》まり、その後、まだ読者の記憶にも新しい、賛否両論の渦を巻き起した。

それはともかく、手術（というより事件といったほうが適切だが）がおこなわれた夜、私は札幌から車で二時間半離れた、大夕張《おおゆうばり》という炭礦《たんこう》病院に、出張で出かけていた。

丁度、昼食を終え、これから午後の診察でもはじめようかという時、事務の人が、「札幌から電話です」と呼びにきた。

新聞記者からだった。

私が事務室に行き、外線からの受話器を持った途端、

「今朝、札幌医大で心臓移植がおこなわれたのですが、ご存じですか」といってきた。

記者の声は早口で、電話からでも亢奮《こうふん》しているのがわかった。

むろん私は初耳である。

記者はいまのところ患者さんは元気で、手術は成功です、と告げたあと、「先生はこのことを予測していたのですね」といった。

これには理由があって、この半月前の七月の末に出た「オール讀物」の九月号に、私は「ダブル・ハート」という小説を発表していたのである。

この小説は、悪い心臓はそのままにして、さらに健全な心臓を他人から持ってきて植えるという、いわゆるダブル・ハート法で心臓移植をされた患者をめぐって医師と、心臓提供者の妻の心の葛藤を描いたものである。

そのころ、私がいた整形外科の研究室と胸部外科の研究室は、廊下一つをへだてて向かい合っていて、互いの実験の内容は大体知っていた。

私達の研究室では、実験に兎《うさぎ》と二十日鼠《はつかねずみ》をつかっていたが、胸部外科では犬ばかりで、これが手術のあとなど一晩中、苦しげに呻《うめ》き続けるので、静かにさせて欲しいと苦情をいいにいったこともある。

この時、実験中の犬のほとんどは人工心肺を装着され、大腿部《だいたいぶ》と胸を大きく開かれたまま、実験台に仰向《あおむ》けに縛りつけられていた。さらに実験台のまわりには、途中で死んだ犬や、実験を終えて、痛みに耐えながら、目を閉じ、腹を波うたせている犬達がいた。

まさに心臓移植の動物実験が酣《たけなわ》のころである。

どういうわけか、胸部外科には私の同期が五人もいっていた。

心臓移植にダブル・ハート法というのがあり、それがすでに犬に試みられていることも、そのなかのSからきいて知っていたのである。

これだけ親しく話していても、私は近く、人間に心臓移植がおこなわれるなどとは思ってもいなかったし、胸部外科の連中にしても、まだ先のことだと考えていたようである。

　ともかく私は電話の記者に、「予測などしていません」と否定したのだが、記者は、「しかし、それにしてもタイミングがよすぎますねえ」と、半信半疑の様子である。

　たしかに、心臓移植の小説が載っている雑誌が出ている時に、その手術がおこなわれるとは、いかにもタイミングが合いすぎる。

　だが実をいうと、この小説を書いたのは、八月よりはずっと早い三月の初めのころだった。

　それを書きあげて、「オール讀物」の編集部に送ると、「面白いので、いずれのせますが、時期はこちらに任せてください」という返事だった。

　そのころの私の作品は、初めから編集部のラインナップにのっていたのではなく、既成作家の誰かの作品が、締切りやなにかの都合で欠けたとき、その埋め合わせとしてつかわれる類のものだったようである。

　ともかく、そのまま四カ月過ぎて七月の初めに、「今度の号にのせますから」と連絡があったのである。

　こんなわけだから、雑誌発表と手術の間に関係があるわけはない。それはあくまで偶然にすぎない。

　その日、四時の勤務を終ると、私はまっすぐ大夕張から札幌へ戻った。

病院に着いたのは七時に近かったが、院内は静まりかえったまま、特に変った様子はなかった。

新聞や雑誌の記者やカメラマン達が詰めかけ、病院全体が騒《ざわめ》き出したのは、その翌日の昼を過ぎてからだった。

しかし病院内部にいた私達医師は心臓移植に対して特別、強い関心を抱いていたわけではない。

元来、大学病院というところは、科が違えば病院が違うぐらい横のつながりはなく、他の科のことについては、ほとんど無関心だった。

だから、胸部外科でどのような大手術がおこなわれようが、われわれには関係ないことであり、あくまで胸部外科一科の問題でしかなかった。

したがって、そのころの私達の気持は、「相変らず和田さんは派手なことをやるなあ」といった少し辟易《へきえき》した感情だけで、それ以上のものではなかったのである。

三

作家の吉村昭氏が、この心臓移植に批判的な文章を、朝日新聞に発表されたのは、たしかこの手術がおこなわれて十日ぐらい経った時だった。

吉村氏は、かつて自分が胸を病む患者であったことを原点におき、そこから医師の死の認定に疑問をなげかけた。そして、心臓移植がある日突然のように札幌でおこなわれたのは、札幌の医学者が南アの医学者と同様、社会的圧迫を受けることが少ないからであり、これは宗教・倫理への不逞《ふてい》ともいえる挑戦である、と論じたのである。

　正直にいうと、私はこれを一読した時、なんとも説明しにくい不快な感情にとらわれた。そしてこれは私だけでなく、まわりにいた医師達すべてに共通した感情でもあった。

　吉村氏のいわれる、心臓移植が現代の宗教や倫理への不逞な挑戦だ、という意見には、私も一応は納得はできた。実際そういう危惧をもっていたから、私はその五カ月前に「ダブル・ハート」という小説を書き、そのなかで死を認定する医師の悩みと、それによって心臓を摘出される患者の妻の、哀《かな》しみと違和感を書いたのである。

　だがその前段の、医師の死の認定に疑問があるとする考え方と、札幌の医師が南アの医師と同じ立場にある、という見方には、私はおおいに不満であった。

　とくに後者、札幌と南アを同列に見たような発言には、当時、札幌で医師をしていた私達にとっては、耐えがたい屈辱であった。

　たしかにこのころ、南アではバーナードという医師が、すでにかなりの心臓移植をやっていたが、それらは南ア連邦という、世界でも有数な人種差別の厳しい国だからやれたのだと私達は考えていた。

　南アでは心臓提供者として黒人をつかい、アメリカでも同様のことがおこなわれているらしいことは、すでに医師仲間では推測されていたことであった。

だから、「南アと同じである」といわれると、札幌は南アと同じ植民地で、だから医師達は人種差別によって、勝手気儘《きまま》な手術をやっている、といっているように受けとれたのである。

この点については、あとで吉村氏の意見もお聞きし、互いに誤解と、いい足りなかった面があったのを知り、わかり合ったのだが、その時はおおいに反撥《はんぱつ》を覚えた。

「俺達を、黒人を材料につかっている南アの医者と同じだと思っている、とんでもない奴《やつ》がいるぜ。お前も作家のはしくれなら、是非あれに反論してくれ、あれじゃ俺達が浮かばれないよ」

そんなことをいって、私をけしかける仲間がいた。

それに乗せられたというわけでもないが、たしかに刺戟《しげき》を受けて、私は同じ朝日新聞に、吉村氏への反論を書いた。

「札幌は断じて南アではない。第一、これだけマスコミが発達し、日本人全体の知的レベルが平均化している時に、札幌の医師だけ勝手な手術をできるわけはない。(事実、だからこそ、あとで和田教授はマスコミの激しい糾弾を受けることになった)」

私のいいたかったのは、主にこのことだったが同時に、医師ともあろうものが死の認定を誤魔化すわけはないし、実際そんなことは医師として出来ることでもない。死の認定に関して、医師は現代医学で可能なかぎり、最大限の努力を払うはずである。

それに宗教・倫理への挑戦というが、それは必ずしも不逞とは断定できない。過去の臨床医学の進歩は、常にこの挑戦によってもたらされたものであり、医師が充分の動物実験のあと、患者さんを正しく説得したうえでおこなうのであれば、それはむしろ進歩に必要な挑戦ではないか、という内容であった。

吉村氏はこれにさらに反論を書かれたように思う。詳しい内容は忘れたが、さすがに札幌・南ア説は訂正されていたが、死の認定に関してはなお疑念を崩されなかったはずである。

私は吉村氏の疑いの深さに驚くとともに、そんなに医師を信用できない人がいるのが悲しかった。

「どうして俺達がそんないい加減なことをやれるんだい」

私の仲間達もいささかあきれていたが、不幸にも、この吉村氏の抱いた危惧は現実のものとなってしまった。

たしかに和田教授の脳死の判定には、その後、いくつもの疑問がでてきたのである。

この点について、私の大学でまっ先に異論を唱え出したのは、麻酔科の高橋教授であった。

私はたまたま、高橋教授がラジオで、心臓移植慎重論を唱えているのをきいて、自分が新聞に書いた手前もあり、気になって直接話をききに伺ったのである。

その結果、知ったことはまったく予想もしないことであった。

教授はまず、自分の部下のNが、移植手術の麻酔を頼まれながら、途中で胸部外科のスタッフと意見を異にして手術室を追い出されたという事実を教えてくれた。

そして彼が見た心臓提供者Y君の状態は、完全脳死とか、土気色の顔という胸部外科の説明とは違い、まだ呼吸も血圧も正常で、死と断定するほどの状態でなかったというのである。

それなのに胸部外科の医師達は、早々に筋弛緩剤《きんしかんざい》を注入して人工心肺を装着し、ソル・コーテフという副腎皮質ホルモンを、常用の十倍近く使うのを目撃したというのである。

Y君は札幌から一時間半ほどの蘭島《らんしま》という海岸で溺れて、仮死状態になったのだが、そんな溺水者に人工心肺を装着することも、拒絶反応拒否剤であるソル・コーテフを大量に使うことも、無意味というより異常なことだった。

さらに和田教授は、「明方二時ごろ、はっと宮崎君のことを思い出し、急に移植手術をすることにした」と記者団に語っているが、Y君への処置はすでに夜の九時から着々とすすめられ、途中で麻酔科の医師にも「心臓移植をやる」とはっきり明言しているのである。

人工心肺をつけたのは、Y君の両親に、助からないことを納得させるための方策で、ソル・コーテフの大量投与は、移植する心臓の異物反応を、あらかじめおさえるための手段ではないかというのである。

いわゆる密室でおこなわれた心臓移植手術に、ただ一人、外部から参加した麻酔科医の責任者として、高橋教授はその異常なやり方に黙っているわけにはいかなかったのであろう。

この話をきいて私はすっかり驚いてしまった。これでは医師ともあろうものが、死の認定をいい加減にするわけはない、などと大見得をきった私が、ひっ込みがつかなくなる。

まさかと思ったことが現実に、しかも教授ともあろう人が侵していたのである。

私はおおいに慌てた。何百万人という朝日新聞の読者に嘘《うそ》をついたことになる。

ここで私はさらに実情を調べるべく、自分で動きはじめたのである。

だが皮肉なことに、この数日あと、私は偶然廊下で和田教授と行き逢《あ》った。

教授から私は学生のころ胸部外科の講義を受けた。整形外科に入ってからは、手術室の控室や、風呂場でもよく逢うことがあった。

「おう君、いいところで逢った、どうだ宮崎信夫君を見ていかないか」

どういう風の吹きまわしか、教授は私にそういったのである。

そのころ宮崎君は地下の濃厚治療室を出て、胸部外科看護婦詰所のとなりの病室にいた。もちろん廊下側にもドアがあったが、そちらは密閉され、出入りはすべて詰所をとおし、その間のドアも、婦長から直接鍵をもらって開けるという厳重さだった。

教授のあとについて私が入っていくと、宮崎君は人工心肺や酸素テント、サクションなどの機械に囲まれて、上体を高く傾斜したベッドに仰向けに横たわっていた。

「信夫、この方は、整形外科のお医者さんで、小説も書く、えらーい先生です」

和田教授は彼独特の冗談めいた、少し皮肉っぽいいい方で私を紹介した。

宮崎君は痩せた顔のなかの大きな眼で、不思議そうに私を見た。顔色や眼の動きは正常だったが、どこか反応が鈍い感じがした。

「さあ、えらーい先生に、お見舞いありがとうの握手をしなさい」

宮崎君はいわれたとおりそろそろと手を出すと、

「ありがとう」と、少し舌をもつれさせながらいった。

私も「頑張って」と手を握りかえした。細くて、少し表面がざらざらした感じの掌《てのひら》であった。

面会は時間にして、二、三分のことだったが、私はいまでもあの時何故、和田教授が宮崎君に逢わせてくれたのかわからない。

宮崎君は小康をえて、比較的元気なときではあったが、それでも胸部外科以外の者は厳しくチェックして、両親の面会さえ、ままならない状態であったのである。

そんな時に、なぜ教授自ら忙しい時間をさいて、私ごとき者を案内してくれたのか。

これは推測だが、その頃、和田教授は私を味方だと思っていたのかもしれない。朝日で吉村氏に反論し、医者が意識的に患者の死を早めたりすることはない、と私が書いたのを読み、おおいに気をよくされていたのかもしれない。さらに考えれば、私が多少ともジャーナリスチックに発言する場があるのを知って、この男によくしておけば損はないと、計算されていたのかもしれない。

それはともかく、和田教授の異例な好意に接しながら、私の疑惑はさらに深まっていた。

まずあの、病室の隔離の仕方は普通ではなかった。たとえ押しかけてくるジャーナリズムがうるさいとはいえ、あれでは蟻《あり》一匹入り込む余地もない。

もし教授がいうように、公明正大な手術であるならば、あれほどまで厳重な警戒をする必要はないのではないか。

皮肉なことに、和田教授の好意が、私の疑惑をさらに深めさせる結果になったのである。

私は改めて、心臓移植の実態について本腰をいれて調べることにした。もし一部でいわれるように、黒い事件であるならば、なにかの機会をとらえて、読者に正式に訂正し、真実を公表するのが、一度でもジャーナリズムの場で発言したことのある者の責任だと思った。

あのままでは自分は和田教授に加担したことになる。

ショックが大きかっただけに、私はその真相の究明に気が亢《たか》ぶっていた。いま考えると、少し照れくさいほどだが、しかしそんな気持の亢ぶりがあったから、その後の調査もすすめられたのかもしれない。

それから、私が知ったことは、ただ驚くことばかりであった。

手術がおこなわれた七日の夜、いつになく多くの胸部外科医局員が遅くまで医局に残っていたこと。大学病院にいまだかつて溺水者が、あのようなものものしい警戒で運びこまれたことはなかったこと。その時、Y君を見た人は決して土気色ではなかった、といっていること。それ以前に蘭島から小樽《おたる》の病院へ運ばれたとき、そこの主治医は、患者が意識は戻らないが、家族に「大丈夫です」といって、五時に帰宅していること。容態が急変したのは、そのすぐあと、院長が診察してからであること。この院長と和田教授との間には、患者を廻《まわ》したり、手術をしたりで、以前からつながりがあったこと。

さらにその後、Y君にくわえられた、高圧酸素室への搬入や、人工心肺の装着が、必ずしも溺水者への蘇生《そせい》術としては、適切なものではないこと。場合によってはかえってマイナスにさえなりうる処置であること。

そして肝腎の脳波は少しも記録されておらず、透視で見たといういいわけも、大学の脳波計自体が透視で見られるようなしろものではないこと。

また宮崎君が胸部外科に転科する前、彼がいた内科の診断は、一つの弁だけの疾患で、転科したのは弁置換の手術を受けるためで、心臓移植は適応でなかったこと。その手術については、内科医の誰も知らず、もちろん手術にも立ち会っていないこと。そして死後の病理解剖にも、内科医はツンボ桟敷におかれたこと。

さらにその解剖のあとの心臓は、胸部外科の奥底深く隠され、部外者には触れさせてもらえないこと。

その他、書きだすときりのない疑惑が、続々と現われてきた。

そしてこの間、わたしがなによりも不快だったのは、この手術に立ち会った医師・看護婦の全員が貝のように黙りこんでいたことである。

間違いなく、この裏には和田教授の厳重な箝口令《かんこうれい》があったのであろう。もし正当な、恥じることのない手術をしたのであれば、そんな命令を下す必要はないはずである。教授という権力で、人々の口までふさいでしまうのは、あまりに行きすぎではないか。

知れば知るほど私は怒りを覚え、仲間の医師達にも話し、意見を求めた。

仲間達は、「やっぱり」といい、「あの先生ならやりそうだ」とうなずき、「いくらなんでもひどすぎる」ともいった。

新しい手術には割合好意的な外科の連中がこういうのだから、内科の医師達は、さらに批判的だった。

私の周囲は大体において心臓移植への批判派であった。初めは信じなかった人達も、私が調べた事実を話すと納得してくれた。

私のデータは病院内部にいて、さまざまな伝手《つて》を求めて調べあげたのだから、外部の誰が調べたものより、はるかに確実だという自信があった。

やがて十月の末、宮崎君は八十五日間生きたあと死亡し、それを待っていたように、各方面から批判の手があがり出し、私はそれらとは別に、これまで調べた事実を自分独自でなにかに発表したいと思いはじめていた。

実際、いいわけじみるが、そうしなければ私は立つ瀬がなかった。初めによく調べもせずに、吉村氏に反論を書いたばかりに、いまでも私を和田教授の積極的な擁護派だと思っている人がいたのである。

とにかく、私は自分のいまの立場をはっきりとさせたかった。それは大学にいる者として、かなり危険な賭けだが、それでも私の小文で誤解したかもしれない多くの読者に、お詫《わ》びをし、訂正をしたかった。

「オール讀物」から、私に心臓移植のことを小説にしないかといってきたのは、こんな時だった。

まだ作家としては駈《か》け出しの私に、こんなことをいってくるのは、内容の事件的な面にひかれてだろうと知りながら、私はこれを引き受けることにした。

全国的に私の立場をはっきりさせるにはこんな機会をおいてしかないし、小説と名がつけば、和田教授もまわりの人も、多少とも傷つくことが少ないと考えたからである。

実際、私はその時にはもう、和田教授個人を責める気はまったくなかった。

このように、糾弾されなければならない手術をしたのは、和田教授その人だが、和田教授をそのような無謀な手術にかりたてたものは、日本の医学界にひそむ学閥や学会中心主義、論文過信である。和田教授は、むしろそうした渦に呑《の》みこまれた、一人の犠牲者として書きたいと思ったのである。

だが私が小説の一篇をどのようにまとめようと、そこに心臓移植の実態が浮きぼりにされ、その疑惑がさらけ出されたことはたしかなことだった。

その正否はともかく、同じ大学にいるものが、そのようなものを書くということが、どんな影響を及ぼすのか、その点に関する私の認識はまだまだ甘かったようである。

四

小説は二カ月にわたって発表され、全部で三百枚におよんだ。私はこれを大学から帰ったあとや、出張先で書き続けた。

雑誌が発売されるとともに、友人達が「すごいことを書いたものだな」といってきたが、内容に触れる者はあまりいなかった。

彼等の大半は、新聞の広告で知っただけで、実際に買って読んだ人はあまりいないようだった。

それより医者以外の人々の反応のほうが大きかった。

「本当にあんなことがあったの」といい、「しかしひどいねえ」と、怒りとも、失望ともつかぬ声をあげた。

結局、一般の人々にはその事実が問題であるのに対し、医師達は内容より、それを書いたことのほうに興味があるようだった。

ともかく、私は自分の書いたものが、まわりに少しずつ反応を起しているらしいことに不安を覚えながら、一方で満足していた。

だが最初の号が発売されて半月くらい経ってから、医者の仲間達の、私を見る目が少しずつ変ってきているのに気が付いた。

整形外科の医局では、私が講師のせいもあってか、あからさまにいう人はいなかったが、他科の医師達は、別の用件で話しているのに、「おいこれは小説にするわけじゃないだろうな」とか、「お前にいうと、なんでも書かれるからな」と、冗談めかして皮肉られた。

そのうち産婦人科にいっていた同期の男が酔ったついでに、

「お前はどうして、あんなことを書いたんだ」とからんできた。

「どうしてって、あれは事実だからな」

私が答えると彼は、

「たとえ事実だって、あんなことは書くべきじゃないぜ、第一、あれは俺達の大学の恥をさらすようなものだ」

「恥だとしても、黙って頰かむりしているほうが、もっと恥だろう」

「しかしあんなことを書いたら医師の権威がなくなってしまう。俺達の医局では、お前の評判はあまりよくないぜ」

この一言は私にこたえた。

いままで心臓移植の話をしているときには、「ひどい」とか、「無茶なことをやる」といって、同感してくれた仲間が、そのことを文章に書いた途端に、少しやりすぎ、といった眼を向けてきたのである。なかにははっきり、うさんくさそうに私を警戒するものもいた。

彼等は個人的には和田教授を非難しながら、いざとなると、医師としてそれを擁護しようとする。批判は医師同士の仲間うちでは許すが、そこに部外者までひきずり込むのは不快だというわけである。

この気持は私にもよくわかった。初め、私が吉村氏の一文を読んで感じた反撥も、それに近いものだった。

その反撥の裏に、素人のくせになにがわかる、といった、居丈高な気持があったことは否めない。

皮肉なことに、初め私が吉村氏に抱いたと同じような感情から、いま私は医者仲間から疎外されようとしかけていた。

手術への憤りとともに、医者達の気持もわかり、私の立場は一層苦しくなった。

あるいは被害妄想であったのかもしれないが、私は大学病院にいながら、いつも自分が少し変った、他所者《よそもの》として見られているような不安にとらわれはじめた。

あれは医者ではない、作家なのだ、といった眼差《まなざ》しである。

もともと、医学部には、医学以外の領域に顔を出しすぎると、うとんじられるという傾向があった。もっともこれは医学部にかぎらず、古い体質の集団では、みなそうなのかもしれない。

たとえそれが、きめられた仕事をきちんと終えたあとの余暇であっても納得しない。麻雀《マージャン》や酒を飲むことには寛容であっても、そうした専門外のことに手を拡げることには、先天的な拒絶反応があった。それを医学は片手間ではできないという美名の下で、批判する。どんなに怠けていても、医学だけやっている者は非難されない。他のことにも手を出す者は本流とは見なさないのである。

もっともこうした傾向については、当の和田教授も、私の主任教授も、ある意味で被害者でもあった。和田教授は、なにかといえばすぐ新聞記者を呼んで派手な宣伝をする点で、象牙の塔の重々しい学者のイメージから外れ、K先生は詩をつくることで、少し煙たがられてもいたのである。

産婦人科の親友にいわれて一週間経ったとき、私はK先生に呼ばれて注意を受けた。

「君が小説を書くのはかまわないが、書く以上は人を傷つけない、もっと大きなものを書かなければいかん。人を傷つけて、それで読ませようなどというのは卑怯《ひきよう》なやり方ではないか」

K先生のいい方は、表面は優しかったが、その底に、不満が潜んでいるのがわかった。私は、自分はたしかに和田先生を傷つけたかもしれないが、和田先生はもっと大きな傷を他の人に与えているではないか、といいたい気持をおさえて黙っていた。

K先生はそんなことはわかったうえで、私の医学部内部での立場を心配していわれたのだろうし、小説というのが、単に事件や人を告発する態《てい》のものでないという考えには、まったく同感だった。

心臓移植の是非は別として、同じ大学に堂々と非難めいた小説を書くものが、自分の教室員にいるということは、K先生にとっては非常に苦痛だったに違いない。しかもその男が新米の無給医局員とでもいうのならともかく、医局の中心的なスタッフである現職の講師であったことも、見過せない事実である。

少なくとも、K先生としては和田教授に面子《メンツ》が立たないところもあったに違いない。

だがK先生はそれ以上はなにもいわなかった。あとはなにごともなかったように、雑談に移った。

私は内心ほっとしながら、やはり直接呼び出されて注意を受けたということは、心の負担になった。

真実がどうであれ、正義がなんであろうと、私のやったことは、医学部のなかではあるまじきことだった。

五

やがて三月になり、札幌にも春の息吹きが訪れた。道の両側に一メートル以上に積みあげられた雪も嵩《かさ》を減じ、表通りにはところどころペイブメントが顔を出していた。

雪が溶けては降る、春近い定まらぬ季節のなかで、私は大学を辞めることを考えていた。

その後、和田教授はジャーナリズムの激しい批判を浴び、沈黙を守っていたが、そうなるとかえって、和田教授を守ろうという気運が学内に起りはじめていた。

判官贔屓《ほうがんびいき》というか、よそ者がずかずかと土足で乗り込んでくることへの、大学の拒絶反応であった。

そしてそれとともに、私の立場はさらに微妙になっていた。たとえ相手が間違っていたとはいえ、他の科の教授に正面きってたてついたことは、やはり問題であった。

とくに胸部外科と整形外科は、同じ外科系で、手術室でよく顔を合わせるし、胸椎カリエスの手術のような時は、共同でやらなければならないこともあった。

そんな時、私が和田教授と顔を合わせるのは、いかにもまずかった。

胸部外科の医師達は、気さくな人が多く、私にも表面的には変ったところがなかったが、自分達のボスに嚙《か》みついた男に、それなりの感情を持っていることはたしかであった。

私は自然、彼等《かれら》を避け、彼等もなんとなく私に話しづらそうであった。

主任教授のK先生はその後なにもいわず、医局員達も、「心臓移植」については、私をかばってくれるいい方をしてくれたが、そうされればされるほど、私は彼等の好意に甘えているような気がして苦痛であった。

それにたとえ余暇とはいっても、大学病院にいながら、小説を書くということは、やはり邪道であった。

夜、雪の溶ける南風のなかを歩きながら、私は一人でつぶやいた。

「東京へ行こうか」

卒業して十年間、大学病院にいて、私はその表も裏も見てしまった。もうさして、大学に魅力を覚えているわけでもなかった。

これ以上いて、将来、たとえ助教授とか、万一教授になったとしても、自分の限界は知れているように思えた。その立場で、私がうまく大学人として振舞っていけるとも思えなかった。

「辞めよう」

私はもう一度、声に出して自分にいいきかせた。

だが、いざそれを家族や、まわりの者に告げるとなると勇気が必要だった。

三月の初め、私はそのことをまず妻にいってみた。

「大学を辞めて、東京にでもいってみようかと思うんだが」

妻は医師の娘でもあったので、「心臓移植」以来、私が大学にいづらくなっていることは、薄々感じていたらしい。

「東京へ行ってどうするの」

「出来たら、作家としてやっていきたいが……」

私としては成算はなかったが、こうなっては、それを目差すより仕方がなかった。

「どうしても」

「そうだ、どうしてもだ」

妻はそのまま黙った。私はその沈黙に安堵《あんど》しながら、一方で、もう少し反対してくれると、かえってファイトが湧くはずだと思っていた。

だが一緒にいた母は、猛然と私に反対した。

「東京に行って、作家になんかなって、食べていけるの」

「わからないけど、ともかくやってみるさ」

「折角、大学病院の講師までなったのに、なにも自分から辞めることはないでしょう」

母のいうことはもっともであった。曲りなりにも、医師として順調にきたのに、ここで捨てる手はない。

私のまわりにいた人達のほとんども、母と同じ意見であった。

「そんなに大学がいやなら、札幌で開業でもすればいいでしょう」

「いや、とにかく東京へ行く」

私は医者の世界から逃れるのは、いましかないと思った。いまを除いては年齢的にも無理になる。いまが訪れた最後のチャンスである。

「馬鹿だよ、お前は」

「どうせ馬鹿だよ」

突然、母が泣きだしたが、それがかえって私の意欲をかきたてた。

「とにかく、このままではどうにもならないんだよ」

いいながら、私はさらに自分にたしかめていた。正直にいって、この時、私自身もどうするのが最もいいのか、皆目見当がつきかねた。

K教授に、辞めることを告げたのは、その翌日の昼休みであった。この時でさえ、まだ私の気持はいくらか揺れていた。

「そうか、辞めるのか」

K教授は一瞬、私の顔を見て、それからまた雪の降りはじめた窓を見た。

「奥さんやご両親はなんといっているのだ」

「別に反対はしていません」

「反対しても、仕方がないと、あきらめているのだろう」

私は前夜泣いた、母の顔を思い出してうなずいた。

「しかしものを書いて、食べていくのは大変だぞ」

「わかっています」

「君が小説を書きたいのなら、もう少し閑《ひま》で、楽なポストを探してやるが……」

「でも、やっぱり東京のほうがふっきれて、やる気もでると思うんです」

「それはそうかもしれん」

K先生は煙草に火をつけ、一服喫《す》ってからいった。

「しかし、君は勝手なやつだ」

「そうでしょうか」

「そうに決っている、だが羨しいよ」

私は先生のいうことがわからぬまま、目を伏せていた。

「いろいろお世話になりました」

改めて頭を下げながら、私はこれですべての障害が払われたことに、かすかな安堵と淋《さび》しさを覚えていた。

六

大学で送別会をしてもらって、私が東京へ出てきたのは、この年の四月の初めであった。

いままでのように、医者の片手間に小説を書くのではなく、書くことを中心に生活していこうという気持はあったが、それだけで食べていける自信はなかった。ともかく当分は一人で、東京の落ちつき先を探し、それから経済的なことを考えようというわけである。

単身、東京へ出た私は、一旦ホテルに宿をとり、そのころようやく知りはじめた編集者と逢い、自分が大学を辞めてきたことを告げた。

「本当に辞めてしまったんですか」知人の編集者は、一瞬、困惑した表情を見せ、それから「でもこのほうが、すっきりするでしょう」と、同情とも、励ましともつかぬ言葉をかけてくれた。

彼等にとっては、私が大学を辞めたことが、少し時期尚早に思えたのかもしれないがいまさら戻るわけにもいかない。

そこでたまたま編集者が知っているアパートが西荻窪《にしおぎくぼ》にあるというので、一旦そこへ住むことにした。

アパートは二階建ての木造で、六畳一間に流しと、小さな沓脱《くつぬ》ぎがあるだけだったが、ここに札幌から蒲団《ふとん》一組と、最小限の服や着替えをまとめて、送ってもらった。

荷物が着いたところで、ホテルを引き払いアパートへ移ったが、いざ住むとなると足りないものばかりである。灰皿、湯呑茶碗《ぢやわん》からヤカン、箒《ほうき》、雑巾、石鹼《せつけん》と、数えはじめるときりがない。

私はそれらを西荻窪の駅に近い商店街で、適当に買い求めた。

腕一杯に家庭用具を抱え、部屋に戻ってきて、さて湯でも沸かそうと思うと、ガス台がない。二度、三度と往復してようやく住むに最低のものだけは揃《そろ》えることができた。

六畳一間とはいえ、簞笥《たんす》もテーブルもない部屋は結構広かった。

自分で掃除をし、夕方、再び駅に近い商店街に行って焼きそばとスープを食べて帰ってくる。裸電灯の下で一人でお茶を飲んでいると、中央線の電車の音がきこえてきた。ついに東京にきてしまった、という感慨とともに、とんでもないことになってしまった、という悔いが交錯する。

四月ではあったが、夜に入ると底冷えがして起きていられない。道産子《どさんこ》の私は、ストーブの燃える暖かいところに慣れていたせいで、東京の部屋のなかの寒さには弱いのである。

私は部屋のまんなかに床を敷き、それに早々ともぐり込むと、西荻窪のアパートの最初の夜を眠った。

翌日から、私はぼつぼつと小説を書きはじめた。ある社に短篇を頼まれていたし、「小説心臓移植」を本にする予定もあった。

私はまず青梅《おうめ》街道に面した家具店へ行き、そこから折り畳み式の簡単な机を買ってきて、その上で原稿を書きはじめた。

昼間のアパートは、みな会社に出かけたあとらしく静まり返っている。隣りではときたま女性の声がきこえたが、共稼ぎのようだった。

静かで自由な時間があったが、原稿は一向にすすまない。

一枚書いたところで煙草を喫い、いまごろ大学病院ではどうしているかと思う。

月曜日だから総廻診《かいしん》があり、そのあと教授を中心に学会の打ち合わせなどがあったあと、看護婦詰所で入院患者への処置を出し、外来診察をする。午後は二時から手術のあと、夕方風呂に入り、みなでビールを飲む。

つい半月前までやっていたことが、いまはもう無縁である。

考えるうちに、私はなにか大きな落しものをしてきたような気持にとらわれた。

つまらない、どう変りようもない、と思っていた医学の世界が、なにか大層な、華やかな世界であったように思われてきた。

私はそんな思いを振り払うように、また原稿用紙に向かうが筆は容易にすすまない。あたりを見廻すと、広々とした白い壁だけが拡がっている。

部屋にいるとかえって寒いので外へ出てみる。

戸外には四月のやわらかい陽《ひ》が溢《あふ》れていた。アパートを五十メートルも行くと、右手に児童公園があり、そこに子供達が遊び廻っている。ベンチに坐《すわ》って陽を受けながら、お喋《しゃべ》りに興じている人妻達がいる。

私はその情景をしばらく見てから、また駅のほうへ歩き出した。

まわりは大きな邸宅街で、石塀から枝を出した桜が、歩道の上に花を散らせていた。この年は例年より寒く、桜は一週間遅れだといわれていた。

だが陽の強さは北海道とはくらべものにならない。

その明るい陽のなかを歩きながら、私はいろいろなことを考えた。

いつまでもこうしているわけにはいかない。もう少し仕事をしやすい環境に移ろうか、どこかに勤めようか、いつまでも家族を札幌においておくわけにもいかない。

考えても一向に結論は出ず、追われるような気持だけが、私をしめつけた。

こんな私が風邪をひいたのは、このアパートに来て五日経ったときだった。

その前日、夜になって冷え込んだのに、原稿を書きかけたまま畳に仮睡したのがいけなかったらしい。

翌朝は頭が重く、嚏《くしやみ》と鼻水がしきりに出る。昼近くになって私はセーターの上にコートを着て、商店街の薬局に行った。

奥から出てきたのは四十前後の小肥《こぶと》りの男性だったが、すぐそのころ流行《はや》っていた錠剤の風邪薬を出してきた。

「扁桃腺《へんとうせん》も少し腫れてるようなので、抗生物質ももらいたいんだけど」

「どれ見せてごらん」

私は男の前で大きく口をあけた。

「少し赤いけど、あんたお医者さんの処方箋持ってるの」

「いや……」

「じゃあまずいな」

男は少し考えるようにケースを見てから細長い箱をとり出した。

「抗生物質じゃないけど、このサルファ剤をのんでごらん、これも化膿《かのう》止めだから効くはずだよ」

一瞬、私は奇妙な気持にとらわれた。抗生物質など、医局か研究室のダンボールのなかでも探せばいくらでもころがっていた。そんなものに不自由することはなかった。それがいまは遠いものになっている。

考えてみると、私はこの十数年間、薬局に来たことはなかったのだ。

「二錠ずつ、一日四回だよ」

男の説明にうなずきながら、私は金を払って薬局を出た。

私が体に不安を覚え、週に三日でも、どこかの病院に勤めようと思ったのは、この風邪で寝てからである。

七

四月も半ばを過ぎ、もう桜はほとんど散っていた。私は少しずつ東京に馴染《なじ》み、出かける前に地図を見れば、大体何処《どこ》へでも行けるようになっていた。

まだ少し咳《せき》が残っていたが、暖かい日を見計って、お茶の水へ出かけた。

神田駿河台《かんだするがだい》の「医事新報社」に、医師の就職斡旋《あっせん》所があるのをきいて知っていたからである。

御茶《おちゃ》ノ水《みず》駅を降りて、すぐ右へ水道橋よりへ行く。道が曲り、軽く坂になったところに、その会社があるビルがあった。

私はそこの三階の斡旋所にいって、求職カードに名前と年齢、そして専門科名を書き込み、週三日ぐらいの勤務で、できたら住宅つきを望んでいることを告げた。

四十をこえた年輩の女性がうなずき、求人帖簿《ちょうぼ》をめくった。

板橋、小岩、渋谷と、いろいろあったが、多くは毎日ということで、週三日という条件のところはあまりなかった。

「どうしても三日でなくてはいけないのですか」

「二日でもいいんですが」

「じゃあ、いまどこかの病院にお勤めなのですね」

「いや、そういうわけじゃありませんが……」

年輩の女性は不思議そうに私を見た。大学かどこかの大きな病院に勤めていて、その勤務のあい間に、週一、二日、アルバイトをする、という人はよくいるが、どこにも勤めていないで、週三日しか働かない、という医師は珍しいらしい。

「それで住宅が必要なのですか」

「僕一人が住める、小さなところでいいんですが」

「両国《りようごく》でもよろしいですか」

「どこでもかまいません」

山の手だろうと、下町だろうと、私にとっては問題はなかった。

「両国の近くですが、中村病院といって、内科、外科、小児科もある病院ですが、整形外科のお医者さんを探しています。一応、毎日ということになっていますが、三日でも多分、大丈夫だと思います」

「住宅はあるんですか……」

「それは病院の隣りに、院長先生所有のマンションがあるのです。上の方は看護婦さんや、レントゲン技師の方達の宿舎になっているようですから、そこでよければ、入れてくださると思いますけど」

どこでもいい、とにかく私はいまの殺風景で、管理人のうるさすぎるアパートからは出たいと思っていた。

係りの女性は早速、先方へ電話をかけてくれた。

「札幌の大学で、講師をなさっていた方です」

彼女は必死に私を売り込んでくれた。

私はそれをききながら、自分もいよいよ開業医に勤めるのかと、少し淋しい気持になっていた。

医師に上下はないが、一般的に本流というか、権威のあるほうからいえば、大学病院の教授、助教授、講師といったスタッフが最高で、その次が大病院の医長クラス、そして地方の官公立病院の医師ということになる。

開業医はお金は儲《もう》かるかもしれないが、医師の権威的なことからだけいえば下であった。その開業医の勤務医になるということは、医師としては最も低いことになる。

そのころの私は、そんな病院の権威など捨てたつもりでいながら、まだ完全にはふっきれていなかった。

「じゃあ、その方向でお話ししてみますから、よろしくお願いします」

女性が受話器をおく。いよいよ私の売られ先が決ったらしい。私は緊張した。

「勤務は三日でよろしいそうです。それからお部屋はそのマンションの一DKの二万五千円のところを半分の一万三千円で貸してくださるそうです」

週三日だから、部屋代も半額というわけか、私はそのあたりの計算のたしかさに感心した。

「それとお給料は、一日八千円でお願いしたいとのことですが」

一日八千円とすると、日曜を除いて、月に十二日働いたとして、十万円に足りない。

札幌にいる時、開業医に手術にでもいけば一万円はくれた。それからみると少し安すぎる。一日フル勤務なら一万円ということはありえない。

講師とは称していても、田舎《いなか》から出てきて海のものとも山のものともわからないから足下を見られたのかもしれない。

私は少し不満だったが、しかし相手の身になってみると無理のないところもある。

それに、どこにいってもそう変りはしない、というあきらめもあった。

十万円弱なら、原稿料が入らなかったとしても、私一人だけは食べていける。もちろん家族に仕送りすると足りなくなるが、家のほうは、退職金で当分は困らないはずである。

「これからすぐお逢いになってもよろしいそうです」

「じゃあ、お願いします」

難しい交渉をするより、とにかく私は早く落ちつきたかった。

その日、私は御茶ノ水駅の右手にある交番の前で立っているところを、中村院長の車に乗せられて、両国のその病院に行った。

「札幌医大というと、心臓移植がおこなわれたところですね」

車の中で、院長は思い出したように尋ねた。

「じゃあ先生も和田教授はご存じで」

「ちょっとだけです」

「このごろいろいろいわれていますが、あの手術はやはり、おかしいのですか」

「僕もよくわからないのです」

私はもう心臓移植のことは考えたくなかった。あれはもう私のなかでは済んだことだった。

「宮崎君というのですか、あの子が死ななかったら、和田先生も、ああまで攻撃されなかったでしょうね」

「多分……」

私は曖昧に答えて、窓から四月の東京の街を見ていた。

病院は四階建てで、かなり古びていたが、どっしりした建物であった。院長は外科で、ほかに内科と小児科の医師がいて、さらに産婦人科の医師が週に一度くることになっていた。

院長は温厚な感じの人で、このころ糖尿病で、手術につかれるので、替りを務められる外科医を探していたのである。

私は一般外科のほうはあまり自信がないと逃げ腰だったが、院長は整形外科を中心に、時々外科のほうを手伝ってくれればいい、ということで承知した。

マンションは病院の裏に道路一本はさんで建っていて、私はその四階の端の一ＤＫの部屋を借りて、西荻窪から移った。

まだ家族を呼ぶには狭いが、ともかくこれで食と住だけは確保された。あとは仕事のほうである。

はたしてこれから小説を書いてやっていけるのだろうか。

病院へ行かない日、私はこのマンションの窓から広い東京を見渡してぼんやり考えた。

マンションは五階だったが、あまり大きい建物のない下町は、そこから木場《きば》をこえて東京湾のほうまで見通せた。

ぎっしりと続く家並のところどころにビルが顔を出している。それは一ブロックの半ばを占める大きなものも、両側からしめつけられたように細長いのもある。明るいクリーム色のも、黒ずんだのもあった。

そのすべてに人々が住み、働いているかと思うと、なにか巨大なエネルギーにおしつぶされそうな圧迫感を覚えた。

こうして毎日窓から外を見ながら、私は自分のマンションから一キロほど離れた位置に、白い壁に青い瓦を葺《ふ》いたビルがあるのを知った。六階ぐらいか、細長くあまり大きくはないが、そのビルの屋上の塔の上に、風見鶏《かざみどり》がついているのを発見した。

ビルと家だけが密集している大都会のなかで、それはどこかユーモラスで、少し場違いな感じだった。花曇りの四月の空が果てしなく拡がっている下で、風見鶏は頭を北東へ、お尻を南西へ向けて、そりかえっている。

毎日、私は窓から東京を見渡しながら、風見鶏に問いかけていた。

大学をやめたのは、本当に間違っていなかったのか。心臓移植につまらぬ発言をして、自分は一生を誤ったのではないか。このまま、こんなところに勤めていて、はたしていいのだろうか。

「お前はどう思うの」

私の問いかけを知ってか知らずか、風見鶏はその時々に方向を変え、四月の空に胸を張って立っていた。

あれからすでに七年の月日が経った。

その後、私は両国の病院から、向島《むこうじま》の分院に移り、それから一年で完全に医者から足を洗ってものを書くことだけに専心した。

いま思うと心臓移植は、私にとって作家の方向づけをした、大きな風見鶏であった。

だが七年経ったいまも、東京に出てきた四月の微風は、私にある不安を呼び醒《さま》す。

なま暖かい花曇りの季節がくると、相変らず、私は気が焦り、なにか間違いをおかしたような不安にとらわれる。

「あれでよかったのか……」

考えながら、時に夢のなかに、寒々としたマンションの一室が浮かび、風見鶏がくるくる廻っている情景を見る。ある気怠《けだる》さのなかに四月が過ぎていく。

この四月の不安は、私の作家としての原点であり、作家を続けるかぎり、いつまでも心の片隅に棲《す》みついて、離れない怯えなのかもしれない。

著者紹介

浅田次郎（あさだ・じろう）

一九五一年東京都生まれ。九五年『地下鉄《メトロ》に乗って』で第十六回吉川英治文学新人賞、九七年『鉄道員《ぽっぽや》』で第百十七回直木三十五賞、二〇〇〇年『壬生義士伝』で第十三回柴田錬三郎賞、〇六年『お腹召しませ』で第一回中央公論文芸賞と第十回司馬遼太郎賞、〇八年『中原の虹』で第四十二回吉川英治文学賞、一〇年『終わらざる夏』で第六十四回毎日出版文化賞を受賞。一五年に紫綬褒章を受章。一六年『帰郷』で第四十三回大佛次郎賞、一九年に第六十七回菊池寛賞、二〇年に第九回日本歴史時代作家協会賞功労賞を受賞。著書多数。

太田和彦（おおた・かずひこ）

一九四六年北京生まれ。六八年資生堂宣伝部制作室入社。八九年独立し、アマゾンデザイン設立。二〇〇〇年～〇七年東北芸術工科大学教授を務める。本業のかたわら居酒屋訪問をライフワークとし、多数の著作やテレビ番組がある。著書に『ニッポン居酒屋放浪記』『ひとり旅ひとり酒』『居酒屋百名山』『みんな酒場で大きくなった』『ニッポンぶらり旅　可愛いあの娘は島育ち』『居酒屋へ行こう。』など。

河崎秋子（かわさき・あきこ）

一九七九年北海道生まれ。二〇一二年「東阪遺事」で第四十六回北海道新聞文学賞を受賞、翌年同作でデビュー。一四年「颶風の王」で三浦綾子文学賞を受賞。一六年『颶風の王』でＪＲＡ賞馬事文化賞、一九年『肉弾』で第二十一回大藪春彦賞、二〇年『土に贖う』で第三十九回新田次郎文学賞を受賞。他の著書に『鳩護』『鯨の岬』など。

北大路公子（きたおおじ・きみこ）

北海道生まれ。二〇〇五年エッセイ集『枕もとに靴　ああ無情の泥酔日記』でデビュー。各誌紙でエッセイや書評を執筆。著書に『生きていてもいいかしら日記』『頭の中身が漏れ出る日々』『石の裏にも三年　キミコのダンゴ虫的日常』『晴れても雪でも　キミコのダンゴ虫的日常』『いやよいやよも旅のうち』『お墓、どうしてます？　キミコの巣ごもりぐるぐる日記』など。

桜木紫乃（さくらぎ・しの）

一九六五年北海道生まれ。二〇〇二年「雪虫」で第八十二回オール讀物新人賞を受賞、〇七年同作を収録した単行本『氷平線』でデビュー。一三年『ラブレス』で第十九回島清恋愛文学賞、同年『ホテルローヤル』で第百四十九回直木三十五賞、二〇年『家族じまい』で第十五回中央公論文芸賞を受賞。他の著書に『裸の華』『緋の河』『孤蝶の城』など。

堂場瞬一（どうば・しゅんいち）

一九六三年茨城県生まれ。二〇〇〇年会社勤務のかたわら執筆した「8年」で第十三回小説すばる新人賞を受賞、翌年同作でデビュー。スポーツ青春小説、警察小説の分野で活躍中。著書に『いつか白球は海へ』『解』『検証捜査』『複合捜査』『グレイ』『警察回りの夏』『蛮政の秋』『社長室の冬』『共犯捜査』『弾丸メシ』『ボーダーズ』など。

馳　星周（はせ・せいしゅう）

一九六五年北海道生まれ。九六年デビュー作の『不夜城』で第十八回吉川英治文学新人賞、九八年『鎮魂歌』で第五十一回日本推理作家協会賞、九九年『漂流街』で第一回大藪春彦賞、二〇二〇年『少年と犬』で第百六十三回直木三十五賞を受賞。他の著書に『夜光虫』『約束の地で』『神奈備』『黄金旅程』『月の王』など。

原田マハ（はらだ・まは）

一九六二年東京都生まれ。二〇〇五年「カフーを待ちわびて」で第一回日本ラブストーリー大賞を受賞し、翌年同作でデビュー。一二年『楽園のカンヴァス』で第二十五回山本周五郎賞、一七年『リーチ先生』で第三十六回新田次郎文学賞を受賞。他の著書に『一分間だけ』『キネマの神様』『旅屋おかえり』『ジヴェルニーの食卓』『暗幕のゲルニカ』『たゆたえども沈まず』『風神雷神』『リボルバー』『丘の上の賢人　旅屋おかえり』など。

渡辺淳一（わたなべ・じゅんいち）

一九三三年北海道生まれ。外科医として医療に従事するかたわら小説を執筆。七〇年『光と影』で第六十三回直木三十五賞、八〇年『遠き落日』『長崎ロシア遊女館』で第十四回吉川英治文学賞を受賞。二〇〇三年に紫綬褒章を受章、同年第五十一回菊池寛賞を受賞。他に『花埋み』『無影燈』『愛の流刑地』『鈍感力』『孤舟』『医師たちの独白』など著書多数。一四年四月逝去。

本書は、集英社文庫のために編まれたオリジナル文庫です。

初出／底本一覧

「鉄道員」浅田次郎
「小説すばる」一九九五年十一月号／『鉄道員』二〇〇〇年三月　集英社文庫

「ニッポンぶらり旅　釧路」太田和彦
「サンデー毎日」二〇一四年二月二日号〜二〇一四年三月十六日号／
『ニッポンぶらり旅　可愛いあの娘は島育ち』二〇一六年十一月　集英社文庫

「頸、冷える」河﨑秋子
「小説すばる」二〇一七年三月号／『土に贖う』二〇二二年十一月　集英社文庫

「あったまきちゃう！／札幌冬の陣」北大路公子
「小説すばる」二〇一五年二月号・三月号／
『石の裏にも三年　キミコのダンゴ虫的日常』二〇一五年六月　集英社文庫

「本日開店」桜木紫乃
『ホテルローヤル』二〇一三年一月　単行本時書き下ろし／
『ホテルローヤル』二〇一五年六月　集英社文庫

「函館　『ラッキーピエロ』のハンバーガー」堂場瞬一
「小説すばる」二〇一八年九月号／『弾丸メシ』二〇二一年六月　集英社文庫

「雪は降る」馳星周
「小説すばる」二〇〇七年四月号／『約束の地で』二〇一〇年五月　集英社文庫

「旅すれば 乳濃いし」原田マハ
「小説すばる」二〇一四年九月号／
『丘の上の賢人 旅屋おかえり』二〇二一年十二月 集英社文庫

「四月の風見鶏」渡辺淳一
「オール讀物」一九七四年六月号／『医師たちの独白』二〇一八年六月 集英社文庫

※なお、登場する施設や飲食店等は取材当時のものです。あらかじめご了承ください。

短編ホテル

集英社文庫編集部 編

大沢 在昌
桜木 紫乃
下村 敦史
真藤 順丈
東山 彰良
平山 夢明
柚月 裕子

今こそ、物語で旅に出よう。
心温まる思い出から身の毛のよだつ惨劇まで、
ホテルを舞台に人気作家が書き下ろす珠玉のアンソロジー。

短編宝箱

集英社文庫編集部 編

朝井 リョウ
浅田 次郎
伊坂 幸太郎
荻原 浩
奥田 英朗
西條 奈加
桜木 紫乃
島本 理生
東野 圭吾
道尾 秀介
米澤 穂信

2010年代「小説すばる」に掲載された作品から厳選。
人気作家たちが紡ぐ宝物のような11編で、
最高の読書時間を！

短編工場

集英社文庫編集部 編

浅田 次郎
伊坂 幸太郎
石田 衣良
荻原 浩
奥田 英朗
乙一
熊谷 達也
桜木 紫乃
桜庭 一樹
道尾 秀介
宮部 みゆき
村山 由佳

「小説すばる」に掲載された
さまざまなジャンルの作品から選りすぐった、
人気作家たちによる珠玉の短編集。ロングセラー作品！

短編宇宙

集英社文庫編集部 編

加納 朋子
川端 裕人
寺地 はるな
西島 伝法
深緑 野分
宮澤 伊織
雪舟 えま

心温まる家族の物語から、前代未聞のＳＦ作品まで。
鬱屈した日々に息苦しさを覚えたら、
この一冊とともに、いざ宇宙へ！

集英社文庫

北《きた》のおくりもの 北海道《ほっかいどう》アンソロジー

2023年5月25日 第1刷
2024年11月6日 第4刷

定価はカバーに表示してあります。

編 者 集英社文庫編集部《しゅうえいしゃぶんこへんしゅうぶ》
著 者 浅田次郎《あさだじろう》 太田和彦《おおたかずひこ》 河﨑秋子《かわさきあきこ》 北大路公子《きたおおじきみこ》
桜木紫乃《さくらぎしの》 堂場瞬一《どうばしゅんいち》 馳《はせ》 星周《せいしゅう》 原田《はらだ》マハ
渡辺淳一《わたなべじゅんいち》

発行者 樋口尚也

発行所 株式会社 集英社
東京都千代田区一ツ橋2-5-10 〒101-8050
電話 【編集部】03-3230-6095
【読者係】03-3230-6080
【販売部】03-3230-6393（書店専用）

印 刷 株式会社広済堂ネクスト

製 本 株式会社広済堂ネクスト

フォーマットデザイン アリヤマデザインストア　　マークデザイン 居山浩二

Printed in Japan ISBN978-4-08-744531-2 C0193